José Donoso
CUENTOS

避 暑

[智利] 何塞·多诺索 著 赵德明 译

人民文学出版社

著作权合同登记号:图字 01-2012-3813 号

José Donoso
Cuentos

图书在版编目(CIP)数据

避暑/(智)多诺索著;赵德明译. —北京:人民文学出版社,2012
(短经典)
ISBN 978-7-02-009227-7

Ⅰ. ①避… Ⅱ. ①多… ②赵… Ⅲ. ①短篇小说-小说集-智利-现代 Ⅳ. ①I784.45

中国版本图书馆 CIP 数据核字(2012)第 122892 号

特约策划:彭 伦 姚云青
责任编辑:杨晓明
封面设计:张志全

出版发行 人民文学出版社
社　　址 北京市朝内大街 166 号
邮政编码 100705
网　　址 http://www.rw-cn.com
印　　制 山东临沂新华印刷物流集团
经　　销 全国新华书店等
字　　数 144 千字
开　　本 890×1240 毫米 1/32
印　　张 6.75
版　　次 2012 年 11 月北京第 1 版
印　　次 2012 年 11 月第 1 次印刷
书　　号 978-7-02-009227-7
定　　价 23.00 元

SHORT CLASSICS
短经典

短篇小说的物理

——“短经典”总序

王安忆

好的短篇小说就是精灵，它们极具弹性，就像物理范畴中的软物质。它们的活力并不决定于量的多少，而在于内部的结构。作为叙事艺术，跑不了是要结构一个故事，在短篇小说这样的逼仄空间里，就更是无处可逃避讲故事的职责。倘若是中篇或者长篇，许是有周旋的余地，能够在宽敞的地界内自圆其说，小说不就是自圆其说吗？ 将一个产生于假想之中的前提繁衍到结局。在这繁衍的过程中，中长篇有时机派生添加新条件，不断补充或者修正途径，也允许稍作旁骛，甚至停留。短篇却不成了，一旦开头就必要规划妥当，不能在途中作无谓的消磨。这并非暗示其中有什么捷径可走，有什么可被省略，倘若如此，必定会减损它的活力，这就背离我们创作的初衷了。所以，并不是简化的方式，而是什么呢？ 还是借用物理的概念，爱因斯坦一派有一个观点，就是认为理论的最高原则是以“优雅”与否为判别。“优雅”在于理论又如何解释呢？ 爱因斯坦的意见是：“尽可能地简单，但却不能再行简化。”我以为这解释同样可用于虚构的方式。也因此，好的短篇小说就有了一个定义，就是优雅。

在围着火炉讲故事的时代，我想短篇小说应该是一个晚上讲完，让听故事的人心满意足地回去睡觉。那时候，还没有电力照明，火盆里的烧柴得节省着用，白昼的劳作也让人经不起熬夜，所以那故事不能太过冗长。即便是《天方夜谭》里的谢赫拉查达，为保住性命必须不中断讲述，可实际上，她是深谙如何将一个故事和下一个故事连接起来。每晚，她依然是只讲一个故事，也就是一个短篇小说。这么看来，短篇小说对于讲故事是有相当的余裕，完全有机会制造悬念，让人物入套，再解开扣，让套中物脱身。还可能，或者说必须持有讲述的风趣，否则怎么笼络得住听众？那时代里，创作者和受众的关系简单直接，没有掩体可作迂回。

许多短篇小说来自这个古典的传统。负责任的讲述者，比如法国莫泊桑，他的著名的《项链》，将漫长平淡的生活常态中，渺小人物所得出的真谛，浓缩成这么一个有趣的事件，似乎完全是一个不幸的偶然。短篇小说往往是在偶然上做文章，但这偶然却集合着所有必然的理由。理由是充分的，但也不能太过拥簇，那就会显得迟滞笨重，缺乏回味。所以还是要回到偶然性上，必是一个极好的偶然，可舒张自如，游刃有余地容纳必然形成的逻辑。再比如法国都德的《最后一课》，法国被占领，学校取消法语课程之际，一个逃学孩子的一天。倘是要写杂货店老板的这一天，怕就没那么切中要害。这些短篇多少年来都是作范例的，自有它们的道理。法国作家似乎都挺擅长短篇小说，和精致的洛可可风气有关系吗？独具慧眼，从细部观望全局。也是天性所致，生来喜欢微妙的东西，福楼拜的长篇，都是以纤巧的细部镶嵌，天衣无缝，每一局部独立看也自成天地。普鲁斯特《追寻逝去的时光》，是将一个小世界切割钻石般地切成无数棱面，棱面和棱面折射辉映，最终将光一揽收尽，达到饱和。短篇小说就有些像钻石，切割面越多，收进光越多，一是要看材料的纯度，二是看匠人的手艺如何。

短篇小说也并不全是如此晶莹剔透，还有些是要朴拙许多的，比如契诃夫的短篇。俄国人的气质严肃沉重，胸襟阔大，和这民族的生存环境、地理气候有关，森林、河流、田野、冬季的荒漠和春天的百花盛开，都是大块大块，重量级的。契诃夫的短篇小说即便篇幅极短小，也毫不轻薄，不能以灵巧精致而论，他的《小官吏之死》、《变色龙》、《套中人》，都是短小精悍之作，但其中的确饱含现实人生。是从大千世界中攫取一事一人，出自特别犀利不留情的目光，入木三分，由于聚焦过度，就有些变形，变得荒谬，底下却是更严峻的真实。还有柯罗连科，不像契诃夫写得多而且著名，却也有一些短篇小说令人难忘，比如《怪女子》，在流放途中，押送兵讲述他押送一名女革命党的经历——俄罗斯的许多小说是以某人讲故事为结构，古时候讲故事的那盆火一直延续着，在屠格涅夫《白静草原》中是篝火，普希金的《黑桃皇后》则是客厅里的壁炉，那地方有着著名的白夜，时间便也延长了，就靠讲故事来打发，而在《怪女子》里，是驿站里的火炉。一个短暂的邂逅，恰适合短篇小说，邂逅里有一种没有实现的可能性，可超出事情本身，不停地伸展外延，直向茫茫天地。还有蒲宁，《轻盈的呼吸》。在俄罗斯小说家，这轻盈又不是那轻盈。一个少女，还未来得及留下连贯的人生，仅是些片鳞断爪，最后随风而去，存入老处女盲目而虔敬的心中，彼此慰藉。一个短篇小说以这样涣散的情节结构起来，是必有潜在的凝聚力。俄国人就是鼎力足，东西小，却压秤，如同陨石一般，速度加重力，直指人心。

要谈短篇小说，是绕不开欧·亨利的，他的故事，都是圆满的，似乎太过圆满，也就是太过负责任，不会让人的期望有落空，满足是满足，终究缺乏回味。这就是美国人，新大陆的移民，根基有些浅，从家乡带了上路的东西里面，就有讲故事这一钵子“老娘土”，轻便灵巧，又可因地制宜。还有些集市上杂耍人的心气，要将手艺活练好了，暗藏机巧，不露破绽。好比俗话所说：戏法人人会变，各有巧妙不同。欧·亨利的戏法是甜美的伤感的变法，例如《麦琪的礼物》，例如《最后的常春藤叶子》，围坐火盆边上的听客都会掉几滴眼泪，发几声叹息，难得有他这颗善心和聪明。多少年过去，到了卡佛，外乡人的村气脱净，已得教化，这短篇小说就要深奥多了，也暧昧多了，有些极简主义，又有些像谜，谜面的条件很有限，就是刁钻的谜语，需要有智慧并且受教育的受众。是供阅读的故事，也是供诠释的故事，是故事的书面化，于是也就更接近“短篇小说”的概念。塞林格的短篇小说也是书面化的，但他似乎比卡佛更负责任一些，这责任在于，即便是如此不可确定的形势，他也努力将讲述进行到底。把理解的困难更多地留给自己，而不是读者。许多难以形容的微妙之处，他总是最大限度传达出来，比如《为埃斯米而作》，那即将上前线的青年与小姑娘的茶聊，倘是在卡佛，或许就留下一个玄机，然后转身而去，塞林格却必是一一道来。说的有些多了，可多说和少说就是不同，微妙的情形从字面底下浮凸出来，这才是真正的微妙。就算是多说，依然是在短篇小说的范围里，再怎么样海聊也只是一次偶尔的茶聊。还是那句话，短篇小说多是写的偶然性，倘是中长篇，偶尔的邂逅就还要发展下去，而短篇小说，邂逅就只是邂逅。困惑在于，这样交臂而过的瞬间里，我们能做什么？ 塞林格就回答了这问题，只能做有限的事，但这有限的事里却蕴藏了无限的意味。也许是太耗心血了，所以他写得不多，简直不像职业作家，而是个玩票的。而他千真万确就是个职业作家，唯有职业性写作，才可将活计做得如此美妙。

意大利的路伊吉·皮兰德娄，一生则写过二百多个短篇小说。那民族有着大量的童话传说，像卡尔维诺，专门收集整理童话两大册，可以见出童话与他们的亲密关系，也可见出那民族对故事的喜爱，看什么都是故事。好像中国神话中的仙道，点石成金，不论什么，一经传说，就成有头有尾的故事。比如，皮兰德娄的《标本鸟》，说的是遗传病家族中的一位先生，决心与命运抗争，医药、营养、节欲、锻炼，终于活过了生存极限，要照民间传说，就可以放心说出，“从此他过着幸福的生活”，可是在这里事情却还没有完，遗传病的族人再做什么？ 再也想不到，他还有最后一搏，就是开枪自杀，最后掌握了命运！ 这就不是童话传说，而是短篇小说。现代知识分子的写作渐渐脱离故事的原始性，开始进入现实生活的严肃性，不再简单地相信奇迹，事情就继续在常态下进行。而于常态，短篇小说并不是最佳选择，卡佛的短篇小说是写常态，可多少晦涩了。卡尔维诺的短篇很像现代寓言，英国弗吉尼亚·伍尔芙的短篇更接近于散文，爱尔兰的詹姆斯·乔伊斯的《都柏林人》则是一个例外，他在冗长的日常生活上开一扇小窗，供我们窥视，有些俄国人的气质。依我看，短篇小说还是要仰仗奇情，大约也因为此，如今短篇小说的产出日益减少。

日本的短篇小说在印象中相当平淡，这大约与日本的语言有关，敬语体系充满庄严的仪式感，使得叙述过程曲折漫长。现代主义却给了机缘，许多新生的概念催化着形式，黑井千次先生可算得领潮流之先。曾看过一位新生代日本女作家山田咏美的小说，名叫《YO—YO》，写一对男女相遇，互相买春，头一日她买他，下一日他买她，每一日付账少一张钱，等到最后，一张钱也不剩，买春便告罄结束。还有一位神吉拓郎先生的一篇名叫《鲑鱼》的小说，小说以妻子给闺密写信，因出走的丈夫突然归来停笔，再提笔已是三个月后，“他完全像鲑鱼那样，拼命地溯流而归……”浅田次郎的短篇《铁道员》因由影星高仓健主演的电影而得名，他的短篇小说多是灵异故事，他自述道是“发生在你身上……温柔的奇迹”，这也符合我的观念，短篇小说要有奇情，而“温柔的奇迹”真是一个好说法，将过于夯实的生活启开了缝隙。相比较之下，中国的语言其实是适合短篇小说的，简洁而多义，扼要而模糊，中国人传统中又有一种精致轻盈的品位，比如说著名的《聊斋志异》，都是好短篇，比如《王六郎》，一仙一俗，聚散离合，相识相知，是古代版的《断背山》，却不是那么悲情，而是欣悦！ 简直令人觉着诡异，短篇小说是什么材料生成的，竟可以伸缩自如，缓急相宜，已经不是现代物理的概念能够解释，而要走向东方神秘主义了！

现在，“短经典”这套世界现当代短篇小说丛书的出版，又提供了更多的可能性。 会有多少意外发生呢？

二〇一一年二月二十六日　上海

献给特雷莎·贝尔加拉

她不识字

目录

序　言

安娜·玛丽亚·莫伊斯

何塞·多诺索的名字自他第一部长篇小说《加冕礼》在西班牙再版(1968年)后，就已经被西班牙广大读者所熟知了。加上他最新的长篇小说《淫秽的夜鸟》(1970年)问世，其声名的响亮程度堪与马里奥·巴尔加斯·略萨、加夫列尔·加西亚·马尔克斯以及吉列尔莫·卡布雷拉·因方特等人比肩，因此他也就加入到了所谓拉丁美洲小说“爆炸”的行列中了。

但是，虽然何塞·多诺索在西班牙出版了第一部和最新的两部长篇小说，西班牙的读者对他作品的了解仍然很有限，因此任何对他文学创作的看法都会有片面和武断之嫌。人们看到的《加冕礼》与《淫秽的夜鸟》之间的天壤之别——无论是文体风格还是思想主题——都不代表何塞·多诺索文学创作的突变，恰恰相反，是渐进演变的结果——缓慢但持久的演变，这一点通过按年月顺序阅读他的作品就可以得到证实。从《加冕礼》的出现到《淫秽的夜鸟》的问世经历了十三年(《加冕礼》一九五七年初版于智利)；前者是地地道道的传统结构小说，里面出现了作者从事创作以来反复在脑海里盘旋的主题思想；后者则是一部内容极为丰富、艺术风格令人愕然的作品。在这十三年里，何塞·多诺索还发表了两部长篇小说：《没有界限的地方》(1966年)和《这个星期天》(1966年)；此外，还出版了短篇小说集《查尔斯顿舞》（1960年）。这三部作品（以及在《加冕礼》问世前另一部一九五五年在智利圣地亚哥出版的短篇小说集《避暑及其他短篇小说》）至今尚未在西班牙出版。阅读这些作品毫无疑问会有助于说明——虽说不能预见——《淫秽的夜鸟》后来"爆炸"的原因。

塞依斯·巴拉尔出版社奉献给西班牙读者的这本《避暑》①会使大家特别感兴趣，因为它不仅收入了一些陌生的作品（可能连美洲的读者都不曾读过），而且它们是多诺索早期的创作成果。凡是通过阅读《加冕礼》，尤其是《淫秽的夜鸟》而了解多诺索创作的人，如果看到这部短篇小说集一定会感到吃惊，这可能是不无道理的。但是，如果有目的地对何塞·多诺索这些短篇小说和随后的作品加以仔细研究，我们就会承认二者之间有着紧密而宝贵的联系。这恰恰正是本篇序言写作的目的：在何塞·多诺索复杂的文学天地提供的种种可能与本书有限篇幅的局限性之间，建立早期作品与他新作的联系，目的在于避免早期作品被误解为与新作品无关；实际上，恰恰相反，应该把早期作品看成是对一条既令人激动又十分复杂的创作道路的研究，以此成为即将完工的《淫秽的夜鸟》之特殊世界的第一块基石。读者只能通过作者孜孜以求的创作状态才能跟踪他的道路，而正是从本书的短篇小说中，这一状态就开始隐约可见了，因为何塞·多诺索是一位孜孜以求的作家（不是痴迷），他的作品不是描写孜孜以求，而是孜孜以求、连续不断地进行创作。可以说，每位作家都有自己孜孜以求的东西，这很自然会反映到作品中，但何塞·多诺索的情况并非如此，他的作品不是精心制作自己

① 本书原名《何塞·多诺索短篇小说集》，中文版以书中第一个短篇为题，改为《避暑》。——编者注

孜孜以求的东西，也不是拿这些东西当情节、做主题或编故事。也许这种情况在早期作品里偶尔有过，但是在新作里，由于作者要给他孜孜以求的东西以唯一主角的优先地位，因此遮蔽了人物和故事情节。于是，在《淫秽的夜鸟》里，这很容易被写成故事的情节内容，给萦绕在脑际的念头提供环境，这本身就是孜孜以求的念头酝酿出来难以摆脱的着迷世界，二者的联系是由纯文学天地内生生灭灭的想像力造就出来的，其模糊性源于它的本性，成为现实、成为自身规律主导的现实。在最近一些讲话中，何塞·多诺索给《淫秽的夜鸟》下了这样的定义："这是一部结构复杂赛过迷宫，精神混乱胜过疯子的小说，里面的诸多层面，现实、非现实、梦幻、失眠、呓语、幻想、体验过和即将体验的生活，统统搀和在一起，交织在一起，搞不清楚现实是什么，但也不是那种'社会现实主义'里的现实——我认为社会现实主义只是幻想文学中的一个小分支——，而是想象和创造出另有个性的可能现实。这不是我考虑的问题。我只想看看萦绕在脑海中的念头、主题思想、紧密相连的或互不相干的记忆有无可能写成小说。就是把一个精神分裂者的世界写成小说，把最随心所欲的一切当成绝对的真实来写：写出三十八种或者八十种可能的实体来。"

但是，何塞·多诺索在《淫秽的夜鸟》里表现他编造故事的强大能力之前，早就牵动了预先展示这一能力的天地了，早期的时间虽然短，但探索的结果却非常有趣。

一九二四年，何塞·多诺索出生在智利首都圣地亚哥，其家族由医生和律师组成。他的小学教育从格兰治英语学校开始，当时他表现极差。在他的同学中有卡洛斯·富恩特斯和路易斯·阿尔贝托·海莱曼。何塞·多诺索在校刊上发表过一些英语文章。他中学没能毕业，之后在一些港口城市打工，每个工作干不过三四个月。二十岁后，他决定离开圣地亚哥，从此浪迹天涯，过着居无定所的生活。他先到达了智利南部麦哲伦海峡省会蓬塔阿雷纳斯，过着彻底与世隔绝的生活，当个牧羊人。过了不久，他决定离开，一个村镇一个村镇地走下去，走遍了阿根廷的巴塔哥尼亚高原，与卡车司机一道工作，最后他来到首都布宜诺斯艾利斯，当了一阵港口货物登记员，后来因病不得不回到智利。回国后，他读完高中课程，考入智利大学教育学院攻读英语，准备专门研究英国文学。之后，他获得美国普林斯顿大学助学金，因此得以再度出国。早在中学时代，何塞·多诺索就声称并坚信将来会成为作家，可是时光荏苒，他什么也没有写出来。一九四九年何塞·多诺索赴普林斯顿大学学习，美国之行对他精神品格的发展有非常重要的影响。他师从布莱克谟①，攻读文学评论，结识了艾伦·泰特②，上过雅克·马里坦③的课程，参加过大学举办的由著名人士托马斯·曼和罗伯特·卡萨特苏斯主讲的报告会和音乐会。他旁听绘画史，并为之着迷，还在普林斯顿大学的资助下创办了《MSS》杂志，他担任合作编辑并在该杂志上发表了他用英文创作的最早的两篇短篇小说《有毒的蛋糕》和《蓝衣女人》。在此期间，每逢周末他都前往纽约参观博物馆。何塞·多诺索在美国时刚好是重新评价亨利·詹姆斯(何塞·多诺索受到他作品的影响)、梅尔维尔以及司各特·菲茨杰拉德创作的时期。埃德蒙·威尔逊在普林斯顿大学做过关于司各特·菲茨杰拉德的报告。

---

① 理查德·帕尔默·布莱克谟(1904—1965)，美国著名文学评论家，诗人。

② 艾伦·泰特(1899—1979)，美国著名诗人，作家，社会评论家。

③ 雅克·马里坦(1882—1973)，著名法国哲学家。

一九五一年，何塞·多诺索返回智利，用他自己的话说，回国引发了一生中最坏的三年遭遇。他终日坐卧不安，感到处处不能适应，不知该做什么好，找不到可以施展手脚的途径或者满意的工作。经过较长时间的环境适应期，他开始在圣地亚哥肯特中学担任英语教师，后到天主教大学教书。尽管如此，他仍然不能开始文学创作，可年龄已近三十。一九五三年，恩里克·拉弗卡特①在圣地亚哥组织短篇小说朗诵会，青年作家可以在会上介绍自己的作品，每周给观众朗诵一部短篇小说。何塞·多诺索那时一篇小说也没写，不过，他为了强制自己写作，要求组织者给他定下一个介绍自己作品的日期。指定的日子临近了，可他的小说还没写。最终在朗诵比赛的前夕，他写出来一篇题为《“中国”》的短篇小说，后来收入短篇集《避暑及其他短篇小说》中。

一九五四年恩里克·拉弗卡特出版了《智利新短篇小说选》，把朗诵会上读过的作品收入其中，这样就诞生了在智利被称为“50一代”的一批作家。《“中国”》的发表以及包括何塞·多诺索在内的这批青年作家获得的好评，给他以极大的鼓舞，因为他曾经发誓：三十岁前若不写成一部完整的作品就放弃文学创作。就在这同一年（1954），他写完《避暑及其他短篇小说》，到一九五五年方才出版，是由作者自费出版的，所需的费用由他和一群朋友在作品出版成书之前通过认购取得。一年以后，该书获得圣地亚哥市短篇小说奖。该书包括以下几个短篇：《避暑》《“中国”》《同名的人》《精彩的晚会》《金发碧眼白人》《丹麦货栈》以及《两封信》。

二十四年过去了，读者通过时间的流逝拉开距离进行审视时，

---

① 恩里克·拉弗卡特（1927— ），智利作家、记者及评论家。

可能会发现何塞·多诺索也未能免俗地应用了五十年代时髦的社会现实主义的影响。这个应用在第一个短篇小说中可以看到，尤其是在《同名的人》和《精彩的晚会》里，或许就是出于这一原因，那两篇小说成为智利那个时代最有影响的作品。何塞·多诺索在这些早期作品里提出的主题思想就是他后来长期坚持的东西，他后来更加日益深入到这些主题思想中去了。首先就是老年人那封闭、令人不安、无法进入的世界，它与童年神秘的个人天地有相对应之处。其次，是女佣的重要性，她们绝对不是为了确定社会阶级差别的口实，而是一种释放痴迷激情的存在(不单是性爱，因为在何塞·多诺索作品中出现的女佣都携带着把主人公拖入一个神秘而无法探知的世界中的魅力)。最后是身份的变换，或曰天地变换，塞维罗·萨尔杜伊①在论述何塞·多诺索的作品时，谈及《没有界限的地方》中一个名叫马努埃拉的人物时，说她喜欢“女扮男装”，是个恬不知耻到荒淫离奇程度的角色，她是妓院的常客，那里弥漫着令人窒息的幻影般的气氛，同时又是野蛮真实的气氛(很有布努埃尔②，甚至很有巴列-因克兰③的风格)，到了故事的四十页我们发现马努埃拉竟然是个男子！塞维罗·萨尔杜伊是用这样的词汇评论“男扮女装”的：“何塞·多诺索小说中人物的‘男扮女装’是作品里最好的隐喻：马努埃拉让我们看到的不是‘女装里面’藏着一个男子、不是一张化妆好的面具——如果摘下来就露出一张毫无生

① 塞维罗·萨尔杜伊(1937—1993)，古巴诗人，记者、文学艺术评论家。

② 路易斯·布努埃尔(1900—1983)，西班牙著名导演、电影制片人，执导手法擅长运用超现实主义，代表作有《一条安达卢西亚的狗》，《青楼怨妇》等。

③ 拉蒙·德·巴列-因克兰(1866—1936)，西班牙著名剧作家、诗人。

气、满是胡须的粗脸；而是‘男扮女装’这个事实本身。鉴于化妆的事实、清晰的伪装痕迹，大家都知道，也不可能不知道，马努埃拉是个爱跳舞的大忙人，是个装腔作势的男子，是个反复无常的人。”塞维罗·萨尔杜伊的这一评价相当准确。但是，男扮女装这个说法（评论界在谈及何塞·多诺索的作品时经常使用）却是片面和有限的，因为何塞·多诺索展示出来的变化不单单是化装或是面具的变化，不是一种突变，而是不同现实层面的叠加，没有任何层面因为别的层面的重压而消失，恰恰相反，各个层面都在同一水平混合、交织在一起。因此，马努埃拉除去是个为了生活在伪装的现实中而放弃性别和自身现实的假女人之外，或许还是作者为他计划的多样现实的牺牲品，但他并不拘泥于仅仅身处其中一个现实中，而是同时占有全部现实的层面。

在这个意义上，可以说作品超出了男扮女装的范畴，是个变化的世界，更确切地说，是精神分裂的世界：现实与非现实占据着同一层面。多诺索把这个朦胧神秘的天地具体化作老人、小孩等人物。与贡布罗维奇①一样，在何塞·多诺索的作品里，少年属于无政府的年龄段，同时还是混乱的年龄段，少年的个性刚刚形成就陷入混乱中；而老年则变成另外一种混乱：陷入解体的人格之中；使得潜意识的变化、形态、冲动以及萦绕在脑海的念头，在与现实生活同一水平的文学层面上得以展现。

在《避暑及其他短篇小说》里，上面勾画出来的主题已经崭露头角，虽说当时赶不上后来作品的水平，除了因为这是第一部作品之外，前面也说过了，有些小说的处理服从于二十世纪五十年代的

① 维托尔德·贡布罗维奇（1904—1969），著名波兰小说家、剧作家和散文家。

文学时尚。何塞·多诺索的文学天地比别的作家都要小，他还不能冲破这样一些规则的限制：它们建立在概述简单、语言朴素的基础上，之所以简单朴素是因为他害怕任何巴洛克风格或语言再造的因素；他的文学天地也不接受必须探察社会底层的要求（再说这也与何塞·多诺索的个人世界无关），也不接受文学叙事必须局限于再造客观现实的要求，从而以“社会现实主义”的名义奴化文学创作；幸运的是何塞·多诺索对这个“主义”贡献甚少，他有时逃避这个“主义”，有时与之共处。

在《避暑》这篇小说里，何塞·多诺索已经开始表现可以称之为“萦绕脑海的念头”：孜孜以求地探求一些天地与另外一些天地的相互联系，通过一个孩子在避暑期间的体验来表现。这个孩子名叫劳尔，是作品的主人公，他的童年生活是在三个层面上展现出来的。这个孩子活动于与海梅联系产生的神秘、封闭的天地里；海梅也是个孩子，在感情上征服和吸引着劳尔；他拉着劳尔去一个陌生的地方，那是与劳尔家中形成的日常生活完全隔绝的神秘世界。此外，在《避暑》里出现了另外一个主题、也是何塞·多诺索整个文学创作中特有的主题：女佣们的天地。何塞·多诺索笔下的主人公们总是在女佣那里找到新天地。女佣可以提供他们在家中得不到的盟友，或者提供性爱的启蒙（《这个星期天》的主人公就是通过家中女佣获得性启蒙的），这样的启蒙有可能变成花痴（《加冕礼》），一直到毫不掩饰的仇恨（例如《加冕礼》中罗萨里奥与埃利萨太太的关系）。可能恰恰是这篇《避暑》的故事在这部小说集里最能清晰地看到各个不同天地之间的相互联系。

何塞·多诺索赋予本书的献词以特殊的含义：“献给特雷莎·贝尔加拉，她不识字。”据何塞·多诺索本人告诉我们：“那时我在不知不觉中就对自己承诺，选择一个主题。特雷莎曾经是我父母的女佣，是她把我带大的(她至今还跟我父母生活在一起)，她是我全部的女佣之母，是我所有老女仆的妈妈(《淫秽的夜鸟》的序曲就是从这里开始的)；她就是书中的女佣贝塔·蓬塞。这个女人在一个有文化的家庭、律师之家干活，但是她不识字，她是我生活和创作中最神秘、最迷人的存在。在我的第一个短篇小说《“中国”》里，她就出现了。”

确实，老年人在何塞·多诺索的全部文学创作中是经常出现的主题。在《精彩的晚会》里，我们已经遇上了老年人的出场，作者给他们的出场打上一种控制力的标记，主人公无法躲避这种控制力，他变成了这种力量的牺牲品，因为这种力量有时具有魔鬼般的威力。同样，在墨西哥风情的《金发碧眼白人》里是一位老太婆让一个小伙子睁眼看到新世界。但更具有作者创作特色的还是前面说到过的《精彩的晚会》。其中，主人公四十岁，是个办事员，胆小怕事，毫无特点可言，与其母的关系，与《加冕礼》的主人公堂安德列斯与其祖母埃利萨太太之间的关系，有某些相似之处。虽然《精彩的晚会》里的母亲远不能与荒淫离奇的埃利萨太太相提并论，她对儿子的影响也打不开一个建立在疯狂和堕落基础上的现实世界，但是却在一种令人窒息和丧失勇气的氛围内，造成了一种附庸关系。贝塔·蓬塞和家中的老太婆们的关系距离《淫秽的夜鸟》尚远，但是她们从此就开始露面了。何塞·多诺索对这个经常存在的主题给出了一个自己的解释：“我要说的是我的童年如同马查多①对塞维利亚一处院落的记忆一样，但我的童年是对圣地亚哥三处院落的记忆。我父亲是个医学博士，跟我们全家一道占据了三处

① 安东尼奥·马查多(1875—1939)，西班牙著名诗人，“98一代”最具代表性的作家之一。

院落的半边，他行医，差不多是医院的神甫；我的三位曾姑奶占据了另外半边。这三位老太太都是遗孀，三位都卧床，三位都有自己的女仆侍从，只有三人中年纪教轻（七十岁）的曾姑奶每年去欧洲一次，为了治病去泡薇姿温泉，然后回圣地亚哥，重新卧床。我的童年记忆有：一群风烛残年的老人，没完没了的穷亲戚为了继承遗产来讨好三位曾姑奶，散发着火盆气味的风干砖头，还有柳条烘干架上晾晒的衣裳。那时候我得了麻疹，外面下着雨，有人唱着歌喂我肉汤。一切都井井有条。这些是我童年的记忆，不是对孩子们的记忆，而是对我身边一大群老人的记忆。如今我不认为这是我对老年感兴趣的原由。还有别的理由：我认为是出于老年人的头脑混乱，是法律管不着的地方。我不拿它当成社会或情感问题，而是一套脱离它自行运转的法律，它是在那个封闭世界里运转的。”

《查尔斯顿舞》是何塞·多诺索的第二本短篇小说集，一九六〇年问世，也就是说在《避暑及其他短篇小说》出版后的第五年。第一本书的创作是一气呵成的；第二本书的创作写于不同的年代。再说，在两本书之间的五年里，何塞·多诺索还创作了《加冕礼》。《查尔斯顿舞》中的短篇小说按照时间顺序排列是这样的：《小工》《安娜·玛丽亚》《查尔斯顿舞》《闭门》《兜风》以及《桑特利塞斯》。

前三部作品还可以看作是写实主义的尝试，尽管里面塞满了作者以往的主题思想。在这三部作品中我们看到了少年世界的冲突（在《安娜·玛丽亚》里是童年世界的冲突），是与成年天地以及第三类人的代表（这里不是指女佣，但具有同样意义）之间的冲突。同样，在《小工》里，是个男子，一个酒鬼征服了家中的孩子们。《安娜·玛丽亚》里，是一位老人与一个三岁孩子建立起友谊（作者用温柔、细腻的笔触展现的一老一小的交往，使得这篇小说成为书中最美的作品之一）。在《查尔斯顿舞》里，小说讲的是一个在酒吧跳舞跳到死的醉鬼。

多诺索的最后三部短篇作品《闭门》《兜风》《桑特利塞斯》已经彻底远离了写实主义，我认为它们是何塞·多诺索最有特色的作品，也是最完美的佳作。在这三部作品里，现实以这样的规则为准，这些规则来自一个主人公痴迷的念头所创造的世界；这个现实产生一片由内部法规建构的文学天地，而法规的连贯性不能用我们从外部世界审视的标准加以衡量。

他的最后三部短篇写于《加冕礼》之后。何塞·多诺索于一九五五年开始写《加冕礼》，一九五七年结束，地点在智利黑岛。一九五八年至一九六〇年写出《查尔斯顿舞》，地点在阿根廷首都布宜诺斯艾利斯。他回国后在《埃尔西亚》杂志社工作了五年。一九六四年他前往美国参加《加冕礼》的首发式。这时，他已经动笔起草《淫秽的夜鸟》了（开始写这部长篇小说的时间是一九六二年）。但是，一九六五年在墨西哥居住期间，他放下了《淫秽的夜鸟》，去写《没有界限的地方》，该作品于一九六六年问世。一九六七年他应美国爱荷华大学作家工作室的邀请任教，但此前在墨西哥库埃纳瓦卡市创作《这个星期天》。他在美国逗留到一九六七年底，随后前往欧洲。起初住在葡萄牙，数月后转到西班牙。一九六九年夏天，他终于完成了《淫秽的夜鸟》——创作这部作品用去了八年的时间——这部长篇小说使作者成为拉丁美洲小说的领军人物。

在这样一部非常复杂的长篇小说问世之后（其模糊性贯彻始终，作者提出的各种现实层面搀混在一个精神分裂的世界里，那里住满了老朽的人们，充斥着痴迷的念头、象征物、荒诞离奇的角色以及展示种种恐怖、野蛮现象和潜意识表达脆弱性的怪物），何塞·多诺索这部短篇小说集的出版就有了特别的重要性。这些短篇小说都是多诺索早期的创作，那时就已经展露出他整个文学世界的草图。

（本文为一九七一年本书初版序言）

避　暑

一

“她说什么？”两个小保姆中年岁稍大的一个问道。她们正一边织毛衣一边聊天。二人坐在沙滩上的干燥处，身下铺着一块披肩。对方扫视了一下海岸，寻找着小劳尔。这孩子没跟他的堂兄弟在一起。她突然看见了小劳尔蹲在一个正在挖掘的沙坑边上。直到这时她才模仿女主人说话的口吻，回答说：

“‘那个下流的意大利女人怎么敢在这里租房子！好像大家不知道她长得多么不要脸似的！’小胡安娜，上帝啊，太太真气坏了！老爷连看都不想看她一眼。真该听听她说的那些事啊！可不是一件啦！我就不知道太太怎么能咽下这口气！当然，那女人的确漂亮。金发碧眼啊。像个搞艺术的。”

胡安娜为了距离女伴近一点，在披肩上坐得舒服一些。女伴年轻，戴着一对叮叮作响的小耳环。

胡安娜说：“我认识那女人。很有名气啊。卡门，上帝啊，太太说的事能是真的吗？”

卡门想了想该怎么回答才说：“可能真，也可能假。但肯定是这些有钱女人的事。她们整天没事干，就胡思乱想呗。都是前天夜里那女人到这里之前的事，堂劳尔在圣地亚哥总是忙得不可开交。

看看现在他是怎么样对待咱们的吧。”

胡安娜估计卡门会把全部真相都说出来。沉默片刻，她又问卡门：“怎么吵起来的？”

“据说嘛……嗯，这事我也是听别人说的。据说，是在一次舞会上，是为了过复活节。就是说事情刚发生不久。记得有一次我说过太太做那件黑色衣裳是为了穿上去显得更瘦点吗？事情就是从那时候开始的。据说堂劳尔那天喝醉了，他跟那个意大利女人整整一夜都在跳舞。太太一个人早早就回家了。他上午八点回来，我才放下心来。”

“上帝啊，有些男人就是这个样子。”胡安娜叹了口气。“阿德里亚娜太太多好啊！又顾家，又虔诚，样样都好。”

“可是，你注意，小胡安娜，我真不知道这事应该怪谁！”卡门说道。她唇边有颗痣，长发半遮住她的耳环。她裙子上放了一本电影杂志。“我理解老爷。她太不在乎时间和钱啦。不明白怎么回事！只有傻娘儿们才会买那些破衣烂衫呢！太太唠唠叨叨，忙家务，整天瞎忙。你别以为她多操心孩子。才不是呢！她有时管孩子，有时根本不理睬。她不愿意出门，整天关在家里，所以老爷才去俱乐部。换了别人会怎么样？那可就找金发女郎啦！”

卡门躺在披肩上，打开电影杂志。胡安娜望着她，陷入沉思。她不知道该不该相信这些没规矩的年轻女孩，她们在这里干上一个月，在那里干一个月，只想着偷偷抽烟和看电影。她敢打赌：卡门那颗痣是点上去的。

面对着还没发红的天空和大海，孩子们的身影开始变暗。女佣们分散在沙滩各处，三三两两结成一伙聊天，织毛衣。但她们的视线都没离开在水边奔跑和在湿沙子上修城堡的孩子们。远处，安静的家庭式浴场疗养所的大片住宅隐隐约约藏在松树林后面；如果顺山势望去，天竺葵和叶子花后面还有建筑物的闪光。大沙滩的另外一端，在几公里远的地方，依稀可见另外一处浴场的小山。那个浴场很大，人多，档次低；山顶上有旅馆和便宜的塔楼。

“这个星期天你去圣克鲁斯玩吗？”胡安娜问卡门。卡门抬头看看远处的小岬角，说道：“我没伴儿。”

卡门再次看杂志之前，看见了一个年轻的女佣。那姑娘带着一个小男孩走过来。卡门一面看一面低声说：“小胡安娜，你瞧，你瞧，说曹操曹操到。那男孩就是意大利女人的儿子。这女佣是我朋友。”

卡门一面向朋友招招手，一面起身迎接。胡安娜看见两人在拥抱，她心里想：“一路货色。”刚来的姑娘比卡门年轻，外表更时髦。跟着一起来的男孩高个子，肤色发黑，很壮实，大概有九岁。小保姆与卡门说话的时候，男孩吹着一片刚摘下的含羞草叶。叶子还是潮湿的，闪闪发亮。接着，他坐到沙滩上，脱下凉鞋。卡门把小保姆介绍给胡安娜。几分钟后，三人兴致勃勃地聊了起来。

卡门说：“罗莎，我想你肯定要求周日放假。”

“当然啦，姑娘，应该的嘛。我一听说要住得离圣克鲁斯很近，对太太说的头一件事就是去圣克鲁斯。”

“那可棒极了。我刚才还对小胡安娜说没人跟我去呢。这个周日咱们一定去啊。”

那个男孩已经坐到距离她们不远的沙地上玩起来了。他坐得笔直，注视着地平线，一面把干沙土装进凉鞋，然后举起来，让细沙从凉鞋缝隙中流下来。

罗莎说：“海梅，去洗洗脚，别等天晚了，水就凉了。”

“不去。”

“这孩子胆小……”

“他不认识别的孩子嘛，又不喜欢自己玩。”胡安娜小声说，冲那男孩笑笑。

“我去叫小劳尔，让他俩一块玩。”

卡门起身去叫劳尔的时候，朝胡安娜同谋似的瞅了一眼。

“劳尔，你跟这孩子一块玩！”卡门对一个长着大眼睛、蓝眼珠、眼神令人信赖的孩子说道。劳尔赤裸着湿漉漉的腿，手提水桶走过来。“把你的铲子借他玩玩。”

两个孩子不打招呼就坐下了。落到海平面上的夕照让两个男孩皱起眉毛。要是有人看见一定会说两人在赌气呢。

劳尔问他：“要玩我的铲子吗？”

“不要。”

“拿我的水桶造山吧？”劳尔坚持要他玩。

“不要。”

海梅站起来，吹他的含羞草叶。

“吹这个干吗？”

“我在乡下就这样。”海梅答道。随后他说明，“要揪掉黑霉的芽。”

“为什么呀？”

“不为什么。黑霉坏。”

“谁告诉你的？”

“没人。我就是知道它坏。”

劳尔看上去体弱、温顺，与海梅强壮的体格相比，显得更孩子气。劳尔本想回海边去，回到跟堂姐弟皮娅和安东尼奥共建的城堡那里。

“你见过沙丘宫殿吗？”劳尔问道。

海梅摇摇头。

“从海滩能走到那边。”劳尔朝着圣克鲁斯方向努努嘴唇。“我在沙子上也做过宫殿。当然皮娅帮过我，可帮得不多。她做花园，没别的。咱们去看宫殿吗？”

“我不想去。”

海梅的侧影有点像老鹰，仿佛飞翔在高空俯视，人间尽收眼底。成年人的面貌特征往往可从孩童时期找到，从那深邃严肃的眼神里找到。

“我不想去。”他又说了一遍。

“行啦，傻瓜。”罗莎说道。她听到了两个孩子的部分谈话。可劳尔已经走了。这时，他正和其他小孩沿着海边蹦蹦跳跳地跑远了。海梅坐到沙子上，从口袋里掏出一把弹弓。他望望弹弓，连续拉了几次，随后把它放回口袋里，又玩起凉鞋倒沙土的游戏。他时不时地望望海边。

罗莎问：“那附近真有宫殿吗？”

胡安娜答：“不是什么宫殿。纯粹是小孩子的傻话，是一间破房子，海边常有。”

“就在圣克鲁斯附近吗？”罗莎问道。

“沿海滩走这条路就行。离这里很近。明天下午咱们可以带孩子去。”卡门建议。

“行。”胡安娜点点头。她喜欢跟罗莎在一起。

太阳落山后，晚霞仿佛把小村融化在海水的波光里，女佣们开始呼喊着孩子们。凉风吹来，是回家的时候了。大家在收拾着各自的东西。皮娅想要跟海梅说话，可他不予理睬。孩子们坐在海滩通向大道的台阶上穿鞋。海梅来到劳尔身边，把弹弓拿出来给后者看。

“这是什么？”劳尔问道，用一个指头碰了碰弹弓。

"弹弓。"海梅回答。

"干吗用的？"

"明天给你讲。"

"好。"

二人分手的时候，海梅在劳尔耳边悄悄说："你会唱歌吗？"

"不会。"

"我会。我教你。"

"行。"

"可有个条件。"海梅加了一句。女佣在道别。

"什么条件？"

"一切都听我的。只跟我一人玩。"

劳尔的担心全没了。他不愿意与朋友分开。

那天晚上，卡门给劳尔梳洗、要他下楼见他父母时，劳尔问她弹弓是什么。

"木棍加皮条呗。"这就是小保姆的解释。

"可是干吗用啊？"

"坏孩子用来打鸟的。"

劳尔擦干双手后，又问她："阿姨，您会唱歌吗？"

卡门说："会，可唱得不太好。"

"坏孩子就不会唱歌吗？"

"傻瓜，真烦人！下楼到你妈那儿去！你最好问她。"卡门高声道，吻吻他的脸蛋儿。她和他相处得很好。

劳尔的母亲头疼。他父亲还没回来。全家不等他到家就先吃饭了。

那天夜里，劳尔失眠了。他在想弹弓。教堂的钟敲十一下的时候，他看见母亲轻轻推开他卧室的门；看见她进门前熄灭了香烟。

听见妈妈从黑暗走到床边，他低声说："妈妈……"

"嘘……睡吧，夜深了。"

"我爸爸还没回来呢。"

妈妈没有吭声。她帮儿子盖好被子，说："晚安。"劳尔借助门外的光线看见母亲的身影有点发胖。

第二天，在前往宫殿的路上，海梅和劳尔落在了后面。其余的人走在水边，时不时踩着海水，又蹦又跳。天上晴空万里，海鸥们在盘旋，寻找可以猎获的目标。孩子们赤裸着双脚踩踏着潮水退去后留下的圆蛤。

"我阿姨说，弹弓是坏东西。"劳尔说。

"傻帽。家雀儿该打。"海梅反驳道。

"为什么？"

"我就知道家雀儿很坏。"

"怎么打？"

"你保证都听我的，我就告诉你。"

"成。"

二人走近海边，踩水前进。海梅用手中的小棍打碎了浪花。他那黑黑的眼珠像两块宝石，沉重地落在周围的一切之上，大海，劳尔，贝壳碎片，他掌控着一切。他双拳紧握，因此关节发亮。

"我会唱两首歌。"海梅说明。"我唱第一首的时候，你得笑，行吗？"

劳尔说："行。"

海梅用力挽住小劳尔的胳臂，开始唱起来。他唱出来的旋律十分单调，几乎没高音，没低音。起初，劳尔打算松开他的手，可后来却凑到海梅嘴边去听。海梅唱出的曲调轻松而短小，反反复复一句话。他眼角露出一丝笑意。海梅黑黑的瞳仁盯住他不放。劳尔忍傻不禁，笑出声来。他笑啊，笑啊，笑啊。海梅收回视线，注视着地平线，仍然在唱小曲。他歌声停了，可劳尔还在笑。

"好啦。"劳尔说。"现在该看弹弓啦。"

"不行。"海梅回答道。"不到时候。现在你该哭啦。"

"好。"

劳尔凑到海梅身边，这时看到了宫殿。第二首歌是慢拍子的"啦啦"调，听起来让人揪心，而不是伤心。劳尔热泪盈眶，发红的手捂住泪水。"啦啦"调一再重复，越来越慢。劳尔的呜咽变成了号啕大哭。

海梅说："行了，行了。"

可劳尔的哭声不停。

"别哭了，傻瓜。瞧，你阿姨看着你呐。看见你哭，她会骂你的。看，拿着弹弓！"

劳尔的哭声小了。他擦干眼泪，让海梅看一座建筑物。

"你瞧。宫殿。"

宫殿在小沙丘顶部。可能在世纪初时，它是一座巨大的木楼，面向大海，有漂亮的回廊和两座望海台。但房内所剩下的东西很少。多年来，鸟儿们早已经在铅灰色的木梁上筑巢，它们在饭堂、客厅、卧室穿梭飞翔。木楼只剩下了骨架。人去楼空的时间不会超过三十年；海风从各个房间穿堂而过，而从前那里有过热闹的人声；沙土早已完成了淹没花园孱弱身影的任务；凛冽的冬风早已掀走了屋顶；穷人为了取暖早已拆光了木楼的门窗四壁；尤其是木楼的远离时尚把它变得荒唐可笑。但是，孩子们的爱心让这座荒唐、潦倒、废弃的木楼得以重生，他们来自浴场附近整洁、漂亮的住宅，来给木楼穿上神话般的彩色衣裳。木楼两端的望海台有几扇窗户，还残存着一些彩色玻璃碎片，它们早年间也曾经闪烁过带状花饰、手镯图案、睡莲画的美丽色彩。黄昏是木楼的神奇时刻，夕阳的余晖映照在这些可怜的碎玻璃片上，于是，刹那间，两座望海台燃起一片荣光，阳光粉碎成无数辉煌，而木楼残留的骨架则令人惆怅地沉入阴影中。

“咱们玩寻宝吗？”

“好。”皮娅喊道，一面在海梅身边坐下来。

海梅问她：“怎么玩法？”

“你也愿意玩这个？”皮娅问他，语气里有点嘲笑的意思。她还没忘记前一天他对她不感兴趣的样子。“我还以为你长大了呢！”

劳尔站出来保护自己的朋友了：“他跟我同岁！”

皮娅解释说：“要在沙子里找彩色玻璃片，就是从木楼上掉下来的。绿色的最值钱，因为是祖母绿。都放到水桶里。”

“我没桶。”海梅说。

劳尔提出二人合作。

“跟我一起捡！跟我！哥们儿！”皮娅的弟弟尖叫起来了。这小孩名叫安东尼奥，长着雀斑鼻子，细胳臂、细腿。

“闭嘴！海梅跟我一起捡！”劳尔吼道。

海梅反对：“我不跟你。我跟这个最小的一块儿捡。”

劳尔不高兴地噘起了嘴唇。海梅唱起歌来了。他的目光时而冷漠地看看大海，时而注视着劳尔。歌声渐渐高昂起来，劳尔的眼睛里充满了泪水。但是，没等孩子们发觉他的眼泪，他就急忙跑去寻宝了。其余的人也随后分散开来。

片刻后，寻宝结束，孩子们从两行松树后面钻了出来。大家静静地坐下来，拿出透明的“宝贝”对着阳光欣赏起来。他们比较“宝贝”的形状、大小、颜色。在海梅找到的一块“宝贝”上，有个女子的半边脸和一只眼睛。别人捡的都是纯白的。结果，海梅找到的最多，这好像是自然的事。他教给几个孩子在沙土上用碎玻璃做图案，玩完之后就把“宝贝”分给了大家，他说他不喜欢这东西。接着，四个人一字排开，静静地望着大海。残阳与晚霞不断变换着形状，时而是一盏灯，时而是个瓶子，时而是艘船，时而是一幢房屋，接着渐渐地落到海平线下面去了。

回家的时候到了。胡安娜用特制的护肤膏给皮娅擦脸。她得意洋洋地享受着这一特殊待遇。海梅和劳尔走在众人的后面。劳尔恳求海梅唱歌。海梅唱了起来，歌声让小家伙随着曲调又笑又哭。最后，他拿出弹弓教劳尔使用。

二

时间过去了，已是仲夏。海梅和劳尔每天下午都在沙滩会面。但上午就不同了。上午去沙滩，孩子们事先要仔细打扮一番，在父母的带领下才行，而且要待在自家的帐篷里：这是他们要履行自己职责的时候，因此要在父母面前一显身手，几乎就不能与小朋友一起玩耍了。一天上午，劳尔妈妈看到了儿子身边的海梅。她严禁儿子再见海梅。劳尔不大在乎这道禁令，因为妈妈从来不在下午去海边。可下午才是劳尔的美妙时光呢。他和海梅经常去寻找贝壳和卵石。晚风徐徐吹动、夕阳轻轻梳理山坡上的松树时，两个孩子坐在沙滩上看海。劳尔说，他想笑。于是，海梅唱歌，劳尔便狂笑一通。接着，他们聊天，东扯西扯，玩弹弓，劳尔又说，他想哭。于是，海梅唱另外一首歌，劳尔就伤心地呜咽起来。

一天下午，小保姆带劳尔去海滩。他问她：

“为什么大人不愿意我跟海梅一块玩？”

“你怎么知道的？”

“因为我妈跟我爸吵嘴。我爸了解海梅。可我妈不喜欢他。”

“我不信……”

“为什么大人不愿意我跟他一块玩？”

“因为他玩弹弓，穷小子才这样。”

“胡说！”劳尔突然发火了，高声反驳道。“不是因为这个。是因为他给我唱歌。是您告的状。我讨厌您。”

他飞快地跑向小山，去找表妹了。

海梅和劳尔在沙滩上坐下，跟小保姆们在一起。海梅带来一些甜食，他非要跟胡安娜和卡门一道分享。

“罗莎，出了一件可怕的事。”卡门大声说道，“有人安排这个周日请太太去乡下游玩。我就不能去圣克鲁斯啦。可咱们早就商量好要跟几个小伙子去玩的啊。瞧瞧，真遗憾，正赶上有人邀请咱们去看戏。更糟糕的是，周一他们就要走了。”

“卡门，老天爷啊，怎么办啊？”罗莎很沮丧，高声问道，“我可不敢一个人去，再说我们也不知道圣克鲁斯的方向。”

“我连首都的方向都不知道。”卡门加上一句。

胡安娜警告说：“丫头们，小心那些花花公子啊！”

次日下午，家里不让劳尔去海滩了。又一个下午，还是不让。又一个下午不让。什么理由，他不明白，每个下午都是在表兄弟、姐妹陪伴下去爬山。

一天夜里，晚饭后卡门安顿劳尔睡下，正在弯腰亲吻他时，他咬了她耳朵，痛得她直哭。

他说：“你坏！是你告的状。”

卡门发誓不是她告状。她哭着又说，她是无辜的。最后，二人和好了。她吻吻劳尔的前额，熄灭了台灯。黑暗中，小阿姨正要起身离去，劳尔拽住了她的手。

“留下……”他轻声说。

户外，夜空很亮。一根细树枝探进了窗口；房间的角落里，树影在儿童玩具旁边东躲西藏。海水把一切汇集到它持久的音乐浪潮中。劳尔没有松开卡门的手，而是抚摸着她光洁的手臂，然后把她的手放到自己胸口上，条纹睡衣下面，他的心在跳动。他让她把手留在那里。

“这个礼拜天您想去圣克鲁斯，对吧？跟几个臭小子看戏去，对吧？”

卡门吓了一跳。她可不希望那位大讲道德、常做弥撒的太太知道她周日的行踪。她问劳尔：“你是怎么知道的？”

“我听见您亲口说的。”

劳尔引导姑娘的手在黑暗中摸他温暖的颈部、耳朵、带咸味的头发。窗帘在轻风中不停地摇来摆去。劳尔继续说道：

“您愿意的话，周日我可以生病，您就用不着带我出去散步了。那您就可以跟臭小子看戏去啦。”

卡门没有马上回答。她感觉劳尔的蓝眼睛在黑暗中注视着她的目光。她缓缓地抚摸他的脖子；他则爱抚她光洁的手臂。这是个特别让人喜欢的孩子。但不难猜出他有所要求。她问他要干什么。劳尔攥紧卡门的手臂，让她都觉得疼了。

他说：“星期一下午带我去海滩！”

寂静。寂静中，海水依然静静地拍着岸边，听上去近在咫尺。卡门点点头。楼下传来嘈杂声。今天晚上，劳尔的母亲有客人来访。

“我得去送饮料了。”

“晚安。”劳尔轻声说。

“晚安。”她应声道。

黑暗中，她弯腰去亲吻劳尔的前额时，他突然伸出双臂搂住卡门的脖子，她感受到他温润的嘴唇贴在她嘴上。

“真美！”卡门轻声说，一面离开劳尔的拥抱。她走了。他立刻睡着了。

星期六，劳尔让母亲看他脚上有一大块血印。妈妈难过地说，明天在家好好休息吧。于是外出散步取消了。当天夜里，卡门担心这孩子干出的事情，上楼想找他谈谈。可她发现他已经安然入梦了，嘴角还挂着明显的笑意呢。

礼拜天，母亲很晚才让劳尔起床，命令他静养一整天。此前，父亲突然去了圣地亚哥；母亲的情绪恶劣，头发乱蓬蓬的，整个下午都在劳尔身边织毛衣。

皮肤上的血印差不多在次日便痊愈了。劳尔说，不痛了，想上午去海边，下午去松林捡松子。

下午，卡门沉默不语，好像有些生气，她带劳尔去了海滩。路上，他问她：

“阿姨，怎么啦？”

卡门皱皱眉头，不说话。

在海滩上，二人要找海梅。后者没在往常待过的地方。罗莎一看见两人感到很惊喜，以少见的亲切态度招呼着卡门。她俩对孩子们说，别跑远了，下午天凉，要早点回家。孩子们一聚到一起，立刻玩起弹弓来。劳尔已经学会打弹弓了，可是打不准。他们说话很少。

劳尔要求：“给我唱歌吧！”

海梅唱起歌谣来。单调的歌声时高时低，地平线时不时地衬托出他轮廓分明的侧影。冷风来了，小镇昏暗了，要下雨了。海滩上，几乎没人了。劳尔双手插入干燥、但冰凉的沙土里，哭了起来。海梅的歌声越来越令人惆怅，劳尔的呜咽变成了号啕。他好像从来没这么放声大哭过。卡门本来在遐想，没有十分专注于电影杂志，一看到他哭，立刻跑了过来。

“怎么啦？”她问。“脚痛吗？”

海梅歌声没断。他双眼紧闭，脸上有一种神秘莫测的表情。他什么也不看，什么也不听。劳尔的啜泣变成了呻吟，但还有力气，有一种陌生的需要。卡门火了，她冲海梅吼道：

“你把小劳尔整哭了，臭小子！”她揪住海梅要揍。罗莎赶来，一见卡门要抽海梅，扑上去拦住，一面叫道：

“你有什么权利打孩子？”

“你瞧瞧吧！他把孩子弄哭了。肯定是个爱打架的小子。一定是那个恶心的意大利女人的崽子。可教他犯混的一定是你。昨天我就对你说过了，自从你对我干了那种下流的事以后，我再也不想跟你说话了。”

“更好！宝贝，咱们走！”罗莎对海梅说。

海梅起身跟罗莎走了，没有回头。

劳尔到家还一直啜泣呢。他有点低烧。母亲让他睡下，看见儿子这副样子，陪在他身边很久。劳尔花了很长时间才慢慢入睡。

第二天，经过骚动的一夜，他的低烧和哭声依旧。大人问他感觉如何，他仍然不说话。

发生的事让卡门害怕了。说出实情之后她被辞退了。夏季一天天过去了，母亲花在照看儿子身上的时间越来越多。低烧逐渐退去，啜泣声减弱了许多。只是红红的眼睛还有些许微肿。一周后，劳尔完全康复了，他恳求母亲下午带他去海滩。

于是他们度过了一个特别愉快的下午。微风轻轻吹拂着面颊和光裸的胳臂。火焰般的天竺葵和叶子花在篱笆和阳台上绽放。海平线清晰可见，仿佛被剃刀划了一下；海水静悄悄地爬到岸边。母子二人在暖沙上坐下来。安东尼奥，劳尔的堂弟，一看见婶婶来了，连忙过来招呼，随后在堂兄身边坐下。劳尔开始唱起小调。安东尼奥笑了。胡安娜从远处向安东尼奥吆喝。劳尔心想，肯定是大人不让安东尼奥找他玩耍。于是，他自己玩起来：把沙土装进凉鞋里，让沙子从缝隙间轻柔地流下去。

母亲说："你爸爸过一会儿就下楼。咱们三口去散步……"

劳尔不吭声。母亲满面笑容，少见的是，她事先还仔细梳过头发。可孩子不看他。不用瞧，他早知道，很多事，他早就明白。他消瘦了许多，颧骨突出，像男子汉一样坚毅。他很有特点，蓝蓝的大眼睛注视着海平线。康复后，他一直不怎么说话。

他不转身就对母亲说："我爸爸下来是因为海梅走了，对吗？"

"你怎么知道他们走了？"

母亲帮他造沙山。

"就因为这个您特高兴，不是吗？"

"是。"年轻、但已经有点憔悴的母亲答道。"他家已经在这里待腻了。"

夏季剩下的时间，劳尔很少说话。他的父母忙别的事情去了，没发现儿子的变化。他们仅仅察觉儿子已经长大了。有时，劳尔给堂弟安东尼奥唱歌，可堂弟总是跑开，实际上，他喜欢玩马。皮娅说，这些歌都不时兴了；另外，她更喜欢带词的曲子。大家的爱好都各有不同，用大人的话就是有"个性"。夏季剩余的时间，劳尔几乎全都坐在沙子上度过，孤独一人，哼唱着谁也不懂的曲子。他聚精会神地盯着海平线，仿佛等候某人的归来，盼望着什么事情的发生。

同名的人

那个冬天胡安·阿塞维多囊中羞涩，因为没有工作。但他并不苦恼，因为有可能找到一个机械工的岗位，他想有了这个工作就可以挣到几个月的生计，维持以后当兵的日子。再说，人人都喜欢他。他个子小，干瘦，皮肤黑，头发抹了蜡，梳得很高，总是尽量弄得干净整齐。他经常光顾埃尔南德斯先生的商店。这位先生常常请他喝啤酒，二人一起玩多米诺骨牌。胡安玩一下就走，因为他认真，不喜欢为了自己舒服而占别人的便宜。

埃尔南德斯先生的商店专卖糕点，位于火车站附近，在一个游人很多的街道上。一个刷了天蓝色油漆的小房屋里，一个柜台，四套桌椅，都刷了天蓝色。防尘玻璃罩下面，糕点开始变味了，因为大家好像不太喜欢吃甜食了。柜台后面，印花布门帘遮掩着的一个小单间里，水池旁边有架洗碗机。胡安娜用热气腾腾的厨具在做腊肉三明治，旁边是放饮料的木架。问题出在照明。老板千方百计要省钱给母亲买房子，眼下无力掏钱购置像这条街上的大商号那样的荧光灯。

“要是这里安装上荧光灯，我可就发财了。店里会挤满了人。”老板用信任的口气对胡安·阿塞维多说道。

“当然啦！为什么不拿现有的钱先安装呢？那您的钱包可早就满啦。然后花不了多少钱就可以给您妈妈买房子啦。”

“不行，伙计，这不合适。要是乱花钱，就不能专款专用了。还是先买房，然后再安装荧光灯吧。”

埃尔南德斯先生早已习惯差不多每周见到一次胡安·阿塞维多，时间在打烊之前。他喜欢这小伙子有理智的头脑以及总是面带微笑的平静神态。胡安娜也早已习惯看他来店里做客。她只要一看见他出现在玻璃窗的雾气后面，就拿出多米诺骨牌来，因为可以肯定他会进来跟老板玩到打烊以后。小伙子一来，埃尔南德斯先生往往让胡安娜早下班。她有时早走，有时留下来洗盘子和碗，就因为喜欢听胡安·阿塞维多说话。

胡安娜长得不高，白净，待人不冷不热。她还不到十七岁。她喜欢这份工作，是她教母去她家里住的时候为她找到的，当时胡安娜的母亲找了一个废物酒鬼同居去了。老板对她很客气，糕点铺离家不远，因此不用担心有男人夜里在街角吹口哨对她不恭。再说，店里经常有人说些有趣的事情。但她最喜欢听胡安·阿塞维多说话。他说话的方式与众不同。有一次，她要把这事说给罗莎听。罗莎是她教母的女儿，她认为他是阿根廷人。胡安娜一听就笑了，因为觉得不可能嘛。后来，她看了一部阿根廷电影才相信。胡安娜觉得奇怪，于是直接去问胡安·阿塞维多。

小伙子回答说：“我不是阿根廷人。可我最大的抱负是去布宜诺斯艾利斯。您不想去吗？胡安娜。您跟我同名啊！①”

胡安娜不知如何回答才好，她没想过这一点。另外，他说跟她同名，这让她觉得怪怪的，这话听起来温柔、美妙，仿佛早就在她脑壳里安了家。后来，她盼望胡安再说说同名的事，可是两星期过

---

① 胡安(Juan)与胡安娜(Juana)在西班牙语中是同一个名字的阳性与阴性形式。

去了，他没来糕点铺。

她把这着急的心情说给罗莎听。后者的判断却是：你恋爱啦。这可真是奇妙的发现，因为这是她的初恋啊，跟电影一样。以前，罗莎经常给她讲恋爱的体验。胡安娜非常羡慕，一心盼望有一天自己不仅也能谈谈恋爱，还要有自己的“信物”。她明白这区别的严肃性。是罗莎，而不是她自己给自己的感情下定义，这让她觉得有些丢脸。可这不奇怪，因为罗莎比她大三岁，又是金发女郎。

两周后，胡安·阿塞维多回来了，在店里逗留的时候没有说“咱俩同名啊”。实际上，他差不多没跟她说话，但表情依旧亲切。胡安娜一直注意着小伙子在桌上洗牌的大手。她想象着这双手在她光洁的皮肤上抚摸、或者触摸她凉手的情景。她害怕了，可是情不自禁地想着他的手。老板不得不说了两次要她去拿啤酒，因为她没听见。她在胡安面前放啤酒时，他从桌下摸她的大腿。胡安娜浑身直抖。她不清楚这是真的呢，还是在想象之中。

老板给她放了假。这一回胡安娜没有留下来，她穿上大衣，回家去了。她身上特别热，一种流动和持久的热，她很快在身上最出乎意料的部位找到了它的来源。

那个星期，她几乎天天失眠。虽说并不很想念胡安，但她突然会冒出这样的念头：他就在附近，比如说，就在拐角，或者就在床下，她想他要来摸她了。等小伙子再次来店里的时候，双手沾满了油脂，面带笑容。只听他喊着说：

“给我拿长面包夹肉！桌上放六瓶黑啤酒！埃尔南德斯先生，这一次我请客！”

他心情愉快，因为终于在汽车修理部找到了工作。店里还有别的顾客。他跟周围的人聊天，请大家喝黑啤酒。他笑得很自信，唇毛下面闪烁着金牙。他虽然年轻，却已经剃须了。

这个时候，胡安娜正在小间里洗杯子。胡安掀起门帘，走了进去。

他说："对不起，您知道啤酒喝多了就……"

"进来吧，没事，我走了。"她答道。

可她并没有迈步。洗碗机上，水流有力地冲在杯子上。门帘那边，传来人声和桌子上的打牌声。小房间又窄又黑暗。胡安·阿塞维多一下子搂住了胡安娜的细腰，紧紧地拥抱她。街上一声喇叭响划过夜空。姑娘吓了一跳，极力要挣脱他的怀抱。但这只是一秒钟的事。接着，她看见一道光线射在胡安的脸庞上，好像是伤疤，就摸了摸它。他用温暖带油的大手伸入她怀中乱摸。她觉得有个硬硬的危险物件顶着她的下身，便再次吓了一跳。

"别，别，求您……"

"行啦，胡安娜，别傻了！"

他没说"咱俩同名"。她猛然挣脱他的怀抱，回柜台去了。她从那里听见了胡安撒尿的声音。

到了下班的时候，她还一肚子火呢。虽说有火，可她想笑，想敲打东西。当天夜里，在被窝里，她抚摸着自己的裸体，可她的手轻柔，不像那小伙子的温暖和粗糙。她耽搁了好久，才进入梦乡。

这事以后，胡安·阿塞维多去糕点铺的次数减少了。老板是个多愁善感的人，又是发了福的老单身汉，便说，胡安现在能挣钱了，能花钱消费了，当然愿意去热闹人多的场合了。

虽说胡安不像往常那样频繁地出入埃尔南德斯先生的糕点铺，但偶尔也光顾一下。他去的时间是夜里十一点，行人稀少，夜色浓浓地笼罩着路灯。他一进门，就要一瓶黑啤酒，吃个三明治，跟老板聊上一会儿，然后就离开。他几乎不瞅胡安娜。可她却不住地观察他：他买了一身二手咖啡色西装。上身合适，可裤子肥大，因此腰腹部显得鼓胀。不管怎么说，看上去不赖，尤其是围着海蓝色围巾的时候。

一天夜里，胡安来了，显得比往常要高兴，说是过两天要上安第斯山当兵去了。埃尔南德斯祝他走运，胡安娜从柜台那边冲他微笑。可是接着这姑娘躲进洗手间哭了。

当天夜里，胡安娜下班回家的路上，胡安·阿塞维多站在街角等着她呢。她连忙加快脚步，拿出一张报纸蒙着头挡雨。他直接迎上来说道：

"别这么着急。您怕我干吗？"

胡安娜没吭声，但放慢了速度。二人默默地走了几步。突然，他搂住她的细腰，领她进了一条没有路灯的胡同。

"来！"他说着，拉她进了一家门廊下。"我要跟您道别。"

他抱住她，亲吻她的嘴唇。她让他吻，感觉到小伙子用力贴紧她的身体。她没有动弹，因为本来就不知如何是好。她害怕了，浑身冷得发抖，因为胡安解开了她的衬衫。一只小狗从门里探头张望了一下，摇摇尾巴走了。但是如果没有发生那种让她发抖的陌生事情，她会绝望得要死。她不喜欢那双粗手，可是那正在抚摸她小小的乳房、那几乎胀得炸开来的乳头的热手要是拿开的话，也会让她受不了。外面过去一辆汽车，小伙子停了片刻，等灯光远去，接着继续爱抚女孩。当胡安娜知道关键时刻迫近的时候，开始抱怨说：

"别，别，求您了，别使坏，让我……"

他继续抚摸她，不断深入她腹部和两腿之间。忽然，疼痛加剧，可她任他去做，因为如果挣扎，那会更糟。那会更糟，会失去他的爱。再说，她也跑不了，因为他把她顶在门把手上了。胡安不断喘着粗气，可没说"咱俩同名"。完事后，他无力地趴在姑娘身上。她小声在哭，因为疼痛，因为腿上湿乎乎的。种种感觉之后，她在想什么是快感啊！胡安的面颊贴在姑娘的颈部。她抚摸着他的后脑勺。她感觉到胡安在她耳边眨动着眼睛，似乎在回应她的爱抚，于是轻声说：

“同名的家伙……”

他笑了，笑声吹出的暖气轻拂着胡安娜的脖子。

他回答说：“同名的丫头……”

二人一动不动地又待了一阵，都感觉累了，又痛又不舒服。

随后，胡安·阿塞维多送姑娘回家——就在下个街区。她问他：在安第斯山要待多长时间？他说，至少一年。他很高兴。胡安娜也很高兴。到了家门口，她祝他好运，二人握手告别。胡安的手是温暖的，因为一直插在裤子的口袋里。她的手很小，柔软、冰凉。

上床后，胡安娜觉得身上有股剧痛。可是因为太疲倦，她很快就入睡了，但睡前还想着明天要告诉罗莎：她终于有了“信物”。罗莎会是何种表情呢？

金发碧眼白人

我一从维拉克鲁斯火车站的列车上下来，那热烘烘的喧闹世界就把我闹得心烦意乱，它与我熟悉的一切完全不同。我有一种不舒服的预感：在这个乱糟糟的世界里，一切都不会顺利。果然，一开始就不顺，就在站台上，我的一件行李丢了。接着，出租车司机耽搁了好久才找到我要住宿的旅馆。随后，在旅馆里，我跟经理发了火，因为我在旅途中就热切盼望的淋浴没有洗成，直到管道工检修之后才好。

解决了初来乍到的问题之后，我下楼到街上转转；为了喝点冷饮，我在街对面维拉克鲁斯主广场的一家商店的柱廊下落座。我心中的不安神奇地消失了，逐渐为视觉和听觉发现的一切而感到惊奇。此前，在沿墨西哥高原大大小小的城镇的旅行中，我早就迫不及待地想干脆结束游览，快些进入热带地区。从座位上，我看到的就是墨西哥热带风光啊。

忽然间，我的信心又恢复了——年纪太轻，只知温带气候的人的信心——相信在这片充满无节制行为的地方，我会毫无疑问地获得决定性的经验，比此前我知道的经验要丰富许多。这些经验近在咫尺，几乎可以伸手可得，仿佛我的手指触摸冰凉的高脚杯一样。

夕阳已经不照在街对面浅橙色大教堂的屋顶了。如同每个傍晚一样，乱云飘过小海湾的上空，从海上吹来温暖、潮湿的风。天越来越黑，广场上的人越来越多，很快就是一片鼎沸的喧闹声。流动的木琴声越来越响亮。衣着光鲜的姑娘们不慌不忙地漫步其间，半理不理地回应着男人的目光。男人们身穿白衣白裤，悠闲地聚在一起，炫耀着皮鞋，或者与小贩为面包夹菠萝讨价还价。在距离一个街区之遥的地方，街道游廊的后面，码头上的起重机在轰鸣，它们在装货、卸货，那些船只来自牙买加、伯利兹、梅里达、坦皮科、哈瓦那和利蒙港。

教堂咖啡馆虽然不处在广场最热闹的地段，却是维拉克鲁斯港最富有墨西哥特色的地方。黄昏时分，城里的工业家和政治家，带家属或不带家属的都经常光顾广场，为的是找某个熟人一面喝着冷饮一面闲聊一阵。那里还常常可以看到肤色发黄的糖厂主，他们是要去糖厂的，在这里转乘飞机，前往塔巴斯科、恰帕斯或者金塔纳·罗。很多美国游客来维拉克鲁斯观光，但很少有人迈进教堂咖啡馆，因为他们更喜欢广场那一侧更为繁华的旅馆游廊。

这些情况我都知道，正因为如此，我才离开旅馆直奔这家咖啡馆而来。但是，我刚一落座，就失望了，因为听到邻桌传来的典型美国佬的鼻音腔调。邻桌是三位女性。乍一看上去，三人均无动人之处，因为已经上了年纪，也缺乏姿色。可我正准备换座位的时候，突然注意到其中的一位。上了年纪的美国妇女以为去墨西哥就必须佩带贵重首饰和穿鲜艳的长裙。她没穿那种服饰，不假装入乡随俗。她是三位中年长的，身穿草绿色裙子。她的面色是晒黑的，脸型优美，头顶是一团灰色乱发。我和她目光对视的片刻，她做了一个奇怪的表情：冲我嫣然一笑。随后，她若无其事地戴上眼镜，从包里掏出毛线和毛衣针开始编织起来，同时还继续闲聊。我没换座位，注意听三人的谈话。

她对墨西哥的事物、城镇、植物和人的评价朴实又有权威，她的职业是植物学家，在墨西哥生活了多年。她的女伴是来旅游的，一个偶然的机会让她们与这位灰发妇女聚在了一起。她叫赫兰女士。

她对跑堂的说："盖罗，给我再拿一瓶可乐来！"

"马上就来，盖罗。"

在墨西哥，"盖罗"是"金发"的意思，是用友好的语气说给那些看上去没有印第安和黑人血统的人听的。这个跑堂的小伙子绝对不是金发青年，可他肤色不特别黑，说"盖罗"就很自然了。我很想结识这位赫兰女士。她的微笑及流露出的平静神态表明她的生活和知识是我喜欢的那一类。

跑堂的小伙子给赫兰女士送来了可乐。喝完后她说，该走了，因为明天还要早起呢。女伴们纷纷问她去哪里？她回答说：去特拉科特拉尔班，那是巴巴劳阿班河上游的一个村庄，从阿尔瓦拉多乘驳船五小时可达。她对这个"蝴蝶河畔"的古老村庄说了好大一会儿工夫：该村位于原始森林中，与世隔绝。她极力要把那座村庄都回忆出来，结果她的一番话在我心头产生的意象，竟然让我觉得从餐桌上看到的一切突然显得平庸起来：广场上的棕榈树、游廊里的木琴乐队、乐师白草帽下面露出的微笑，只不过是吸引游客的庸俗广告的组成部分。我那时年轻，对自己的游客身份感到不好意思，希望自己成为受欢迎的人。也许赫兰女士的话能给一条出路。

她摘下眼镜、收起毛线活，随后又冲我笑笑，准备离开。她与女伴们一一道别。我望着她顶着突至的大雨渐渐远去，这场急雨把广场上的人驱散得干干净净。我回旅馆去了。我查了一下：阿尔瓦拉多距维拉克鲁斯有几公里远。我请服务员次日早晨叫醒我去乘公交车。

我一到阿尔瓦拉多，首先看到的就是赫兰女士。她正坐在出售水果和炸鱼的摊子旁边，身下是她的行李箱。她兴致勃勃地注视着工人怎样从驳船上卸下海龟。没人注意她，这并不奇怪，因为墨西哥有很多“老外”，但这个身穿草绿色长裤，神情十分好奇的女人，还是值得瞧上一眼的。至少她看上去比我奇特。我虽然模样不大引人注目、衣着也俭朴，镇上还是有许多人常常回头看看我，顺便无拘无束地说一声：“盖罗，再见！”也许是因为我观察过久，早晨这番五颜六色、人头攒动的景象令我眼花缭乱，那条缓缓流向地平线的大河风景令我倾倒。

驳船靠岸后立刻上满了乘客，人们纷纷在肮脏的遮阳布下寻找座位。许多人挎着篮筐，里面装着饮料。赫兰女士就在背包袱、抱孩子、挎篮筐的人群中落座。

我登上了甲板，因为不愿意遮阳布挡住我看风景的视线。我确信自己头上这顶宽大、柔软的维拉克拉鲁草帽足以抵挡似火的骄阳。

驳船起航了。我侧身靠在背包上，注视着那座以白色房屋以及棕榈和芒果树为标志的村庄渐渐远去。随后，只剩下阴沉的天空、湿漉漉的闷热以及线条粗犷的河岸。驳船缓缓前行，躲避着一层层漂浮的水莲花，留下一阵阵汽油味。

赫兰女士的喊声搅乱了我欣赏风景的兴致。

“先生，先生，下来！您会中暑的。”

我探身到遮阳布的边缘，回答说：

“放心吧，夫人，我习惯了晒太阳。再说，还有这顶帽子……”

“小伙子！”她不耐烦地打断了我的话，“就是本地出生的人也不敢这么干呐！别犯傻！马上下来吧！”

她在身边为我挤出一个位子，周围全是乘客。赫兰女士不停地织毛线，织啊织，我猜不出她织的是什么物件。她平静地织着，好像什么也没发生一样。

突然，她说了一句："啤酒解暑最好不过。我去要两瓶。"

她跟船上的负责人要了两瓶。我俩举瓶喝了起来。接着，赫兰女士擦擦嘴说道："我昨天在教堂咖啡馆看见您了……"

"对，下午我是在那里。是您启发了我来特拉科特拉尔班……"

"您从来没听说过这个地方吗？"她一面问我，一面摘下眼镜，仔细看她的织物。"那是个神奇的村落。位于这条河边，有好几百年的历史，没有受到半点破坏。它四周全是原始森林和可可种植园，与外界唯一的联系办法就是这条驳船以及收获季节来运农产品的船只。"

"您现在住在村子里吗？"

"现在不住。从前住过特拉科特拉尔班。有好多年没回去过了。据说那里一点也没变。"

"为什么没回去过呢？"我冒着唐突的危险问了一句。

"几个月前，我丈夫去世了。只有现在我才能自由地来这里。他恨特拉科特拉尔班。他脑子里装满了痛苦的回忆，就不让我回这边了。他一死，对我来说一切都结束了……现在我来看看在这座我一生中经历过最重大事件的村庄里，能不能找到某种重要的东西，让我度过余生。我和我的丈夫一样，都从事植物研究……"

她沉默了片刻，我发现她正在梳理思绪和种种激情。遮阳布垂下的帘子在她眼前摇来摆去。忽然，仿佛刚才是沉浸在往事的深海里，她一下子冒出来这样一个问题：

"您认识那种根据理论来生活的人们吗？就是给每样东西都规定一个正确的名字和准确重量的理论，为的是用这种办法发掘出全部秘密的可能性。”

她好像用尽了提问的力量，因为她又重新沉默起来。但赫兰女士提问的声音反复在我耳边回响，仿佛驳船拖拉着她的话语。我不知如何回答，也不认为有必要回答。她在继续说下去时，声音变得比较平和了：

“我和我丈夫属于人类里完美的典范。他和我都来自富裕家庭，父母都与美国科学界、知识界有密切联系。我俩是同学，相识的地方是一所地方不大、名气却很响的大学。他叫鲍伯，从认识他起我就很钦佩他。他是全系最棒的学生；另外，他个子高，一头金发，直到去世前还很漂亮。从事研究的年代里，我俩一道工作，一道思考，配合得很好。那时我俩确信世界上没有比我俩更阳光、更健康、更聪明的人了。家庭纽带是荒唐的；种族和等级的偏见是愚蠢的；只有科学是唯一重要的；而普通常人是无聊和庸俗的。毕业后，我俩结了婚。我俩应有尽有：美貌(小伙子，您别笑！年轻时我也是美人啊)，文化，智慧，健康，因此在我俩清晰设计的生活里没有什么不快。让我俩感兴趣的是实验植物学。我俩的观点有创意，又有学术价值，那所大学聘我俩做助教。

“您了解美国一所小型大学的生活吗？那您很快会知道那样的生活环境对我俩这样的人来说实在是最好不过了。白天，我俩热情地投入工作，傍晚去老树林里散步，给草地上的松鼠喂食，跟熟悉的小伙子们打招呼，眺望树林后面学生宿舍灯光通亮的窗户。时不时地我俩也参加聚会，总是穿上我俩最好的衣裳。会上谈政治、科学、图书，或者谈论这个小圈子里的新笑话。我俩的得意门生每周来看望我们一次；我俩请他们喝茶，表明我们也是懂人情世故的。

“我俩的大学生活有几年之久，很幸福。后来，我俩迁居到纽约，接受了那里为我们安排的职务。起初，我俩在那座大都市里感到非常孤单，想一心一意投入到我们的工作中去。可纽约是个能吞下最后一点谦逊的魔鬼。鲍伯开始了一项大规模的调研工作，其结果后来很晚才被评价为严肃、深刻、困难的事业。与此同时，我禁不住诱惑，为一些伪科学杂志写些科普文章，因此迅速成名。人们认为我是个才华横溢的女性，却嫁给了一个不起眼的男人、一个书呆子、一个一事无成的人。我也开始相信了这些言论，开始厌倦起丈夫了。我收起了校服和乡下衣裳，去找高级女时装设计师了。穿着绫罗绸缎让人看，接受所有人赞赏的目光，这是一种冒险。我越来越疏远丈夫，他也一样。可是在彻底决裂之前，我发觉自己怀孕了。娃娃出生了，可一周后就死了。这就越发让我疏远丈夫，投身到大家所说的'生活'里去了。我觉得自己很满意这种生活方式，认为既然成了文明人就不能限制自己的爱好。我以为这下子可自由了，我把全部责任都扔到脑后去了，但内心深处却备受良知的谴责，因为自己做不了鲍伯所进行的那种高端研究。

"一天夜里鲍伯喝得醉醺醺地回来了，九个月后，我又生了一个男孩，是鲍伯的儿子。就在这个时候，鲍伯应墨西哥大学的邀请，去做终身教授。我不知该如何是好，但是抓住了儿子给我俩提供的表面联系，投奔丈夫去了。鲍伯从事的科研工作极为光彩照人。而就在这期间，在墨西哥的头十年我没下决心离婚，但那危险的嫉妒心理让我终于彻底地离他而去。

"与此同时，我决心把我儿子培养成伟人，现在看来这是一种为自己解闷的游戏。那时我认为儿子应该从小就独立思考和按照自己的爱好活动，应该完全摆脱种种妨碍他生活的愚蠢思想。我儿子很漂亮，大眼睛，蓝眼珠十分明亮；形状完美的脑袋上长着丝绸般光洁的金发。

"我儿子叫麦克。他九岁时，鲍伯不得不找个绝对安静的地方写一部著作。这是根据他多年在教学和实验中积累的大量资料要写的书。他需要一个安静的地方写书。有个朋友建议说，特拉科特拉尔班村是最合适的地方。那部著作也许会是鲍伯的毕生之作。虽说我没兴趣跟一个我不爱的男人埋葬在原始森林里，但我认为那部著作会为他赢得荣誉，而我又不想被排除在这个大制作之外，这两个原因促使我跟他前往。

“我觉得这条驳船就是二十年前我们第一次乘坐的那同一条。就算我们此前在墨西哥旅行过很多地方，但是发现一个有两千居民的村庄居然在密林深处用舶来品修建起一座大教堂，实在是件神奇的事情。条条小巷长满了野草，两侧是一排排平房，门廊上刷了玫瑰色、黄色、蓝色和绿色。这条河悄无声息地流经木码头、香蕉树、芒果树和棕榈树，带走了一片片蓝色的风信子花。一座座可可种植园和再远处的原始密林包围着这座河边的村落。家家户户的庭院里，种植着红色的郁金香，好像灯笼一样支撑在草丛中，一入夜，就挤满了萤火虫。院子里还有鹦鹉笼，屋前有回廊，妇女脚踏木屐在屋内光洁的瓷砖地上走来走去。

“哎，开头的那些日子，真好哇！这记忆之美可比第一次看到的还要刺眼！那位阿玛达·巴斯盖斯是老古董啊！在她那印第安人的眼睛里，混杂着魔幻、难分辨的宗教信仰以及恐惧的神情。她至今还活在世上，好像在嘲笑时光的流逝；而我则重返她的住宅，仿佛那里不曾发生过任何事情。她那玫瑰色的庭院、那永远摇摇晃晃的摇椅、那些迷雾般朦胧的蚊帐，那些干净、浆洗后平展的床单，都依然存在。过不了几个小时，我就又将见到它们啦！那只鹦鹉还活着吗？我儿子麦克还教过它几句英语呐！它还在那后院面向这条河的私家小码头旁的大水缸上跳来跳去吗？

“就在我们全家上岸的同时，前来围观驳船到站的人群立即靠近了我们，一看到麦克就都惊奇地喊叫起来：‘盖罗！盖罗！’一位妇女伸手摸摸我儿子的金发。我可以自豪地证明：麦克没害怕。

“我丈夫说，他只看了一眼，就爱上了阿玛达·巴斯盖斯。她是个小巧的女人，肤色发黑，像个蜚蠊，走路飞快，可好像没有迈步。她年事已高，躯体萎缩，长长的细辫子花白相间，脸上的皱纹像是树皮。她把房间出租给贵客。可我们太喜欢她的住宅了，就恳求她把整幢房子出让给我们，连同她本人的服务。阿玛达那时单身，以给教堂做白袍为业。不知道有多少次我看见她那双黝黑的手在洁白的麻布上拆毛边、绣复杂的图案、添加流苏和穗子。在炎热的下午，她常常坐在住宅门廊上的一把藤制摇椅上。过往的行人都尊敬地冲她微笑致意。这套住宅是德拉拉家族几位小姐遗留下来的，那几位小姐作古已久，她们心地纯洁，为了奖励阿玛达侍奉多年而把住宅赠送给她。假如阿玛达去世，住宅应交给教会支配。

“我们不久就在阿玛达的住宅里安家落户了。麦克从一开始就非常喜欢我们的女房东，整天跟在她身后忙来忙去。此前，我们在墨西哥城一直不同意送儿子上学，因为担心他养成偏见。我们自己教儿子学些初级教育必学的知识。可眼下他马上就要满十岁了；如果他能跟村子里的孩子一道在特拉科特拉尔班公立学校上课，那可就太好了。儿子应该学会公正、平等的观念，这是我俩都非常在意的。

“在我们到达的第二周，我送儿子去学校。接待我们的女老师是伊达尔戈女士，她说很荣幸接受一位‘盖罗’加入本班的行列。那天上午我亲自送儿子进教室。麦克在教室中间一个空位上坐下的时候，伊达尔戈老师命令在第一排坐着的一个孩子换到后面麦克的位子上去。我不让她换位，还特别强调说：伊达尔戈女士，我希望您别让我儿子享受特殊待遇。

“儿子那模样实在是太美了。看到他坐在教室中间，四周是些漂亮的孩子：黑皮肤，大眼睛活泼灵动，像一群黑色小虫纷纷回头看麦克。我儿子则天真地微笑：他与众不同，又很出色。

“麦克下午放学回家，我吃惊地看到他进家门的头一件事就是回自己房间脱鞋。

“‘你干什么呐？’我好奇地问他。

“‘我是唯一穿皮鞋上学的人。’他回答说，有受到羞辱的口吻。‘皮鞋讨厌。’

“‘是同学要抢你的鞋吗？’

“‘不是。起初，他们不敢靠近我。第一次课间休息的时候，我孤零零一个人待着。后来，他们成了我的朋友，要我脱下皮鞋，让他们试试……’

“麦克告诉我，同学们摸摸他头发，有个胆子大的甚至想把手指头伸进麦克的眼睛里，摸摸蓝眼珠。这一切让我很不安。望着我儿子赤脚去一所原始森林里的学校，无论这里有多美，我也不能接受。我给儿子解释说，咱们白人的体质不同，这个人种比较娇气，不习惯这里的气候，不像他的同学们早就适应了这里的环境，那是几百年慢慢适应的结果啊。可麦克非要光脚上学不行。我解释说，由于习惯不一样，比如咱们喝开水，做饭的方法也不同。我以最大的耐心说服了他：他的脚丫子经不住路面的崎岖不平，也忍受不了白天的闷热。

“第二天，我没看见麦克出门。中午过了十二点，我正跟阿玛达在门廊前聊天，看见远处的路口上走来的女教师怀里抱着麦克，她身后跟着一群孩子，这能不让我吃惊吗？

“我急忙跑上前，伊达尔戈女士跟我解释说，她本以为让麦克赤脚上学是我俩的主意呢！麦克在她怀里哭哭啼啼，双脚有伤，红肿一片。课取消了，大部分学生送‘盖罗’回家。

“我要麦克自己说清原委。他说，同学们向他挑战，问他敢不敢走校内院子里滚烫的瓷砖，然后再走蒺藜。结果就成了这个样子。我对伊达尔戈女士说了一些埋怨的话。她连忙保证：此事不会再发生！

“随着时间的推移，麦克越来越喜欢跟着阿玛达到处走动。我多次听见她和麦克在隔壁房间里闲聊。然后，麦克跑来给我讲述老太太给他说的故事：什么鸟啊、神奇的动物啊、这条河的发源地住着保佑天下众生的神仙啊。但是后来发生了怪事：他越是喜欢这些故事，就越是不再来找我复述了。尽管如此，我仍然喜欢老太太和我儿子在一起。阿玛达跪在河边时而弯腰时而挺身，一面与麦克说话。我儿子坐在老太太身边的码头上，双脚不停地打水。

“从我们到达特拉科特拉尔班第一天起，最使麦克着迷的就是那些船只。这不无道理。那些日复一日拴在码头上摇来晃去的彩色小船像魔术一样迷人。还有那些晚霞中工人们下班回来时乘坐的船只。还有那些停泊在高大芒果树影下的船只。麦克经常去码头玩耍。有桑特尔莫兄弟俩陪着麦克去码头。这两个少年健康，长得漂亮；我鼓励儿子跟他俩交朋友，因为他俩不卑不亢，而麦克到特拉科特拉尔班认识的第一个朋友，就是一副奴才相，名叫拉米雷斯。我还培养儿子对船只的爱好，因为让他去看船，或许可以让他稍稍离开一点阿玛达。这个女人让我颇费心思。

“阿玛达让我费心思，有几个原因。起初，我以为这女人对我们物质上优越地位的羡慕，如同全村人表示的那样，是无条件的。但随着时间推移，我慢慢发现这羡慕背后有不纯的东西：一个陌生的因素让羡慕变了味。

“我记得一天下午我从神父那里回来（此前我们已经和神父成

为了好朋友），听见我的房间里有人说话。我探头一看，不由得大吃一惊：阿玛达身穿着我的一件裙子，在模仿我的举止动作，对面是两个由于这个喜剧场面而大笑的妇女。我的抽屉被翻得乱七八糟，地面上扔了许多东西。阿玛达模仿得惟妙惟肖。她模仿我走路的样子，模仿我说话的怪腔调，嘟囔出一些什么话，大概是英语吧。我脸羞得通红，因为看见自己被丑化成这个模样。我推门进去，命令阿玛达收拾好我的东西。为了不让她生气，我把那件她穿上身的裙子赠送给了她。她很高兴。

“后来，我们的物品开始一件件失踪，尤其是麦克的玩具。我问阿玛达这是怎么回事，她不知如何回答。我没发作，因为儿子没恼火，实在没什么可指责阿玛达的。但我心里认为东西失踪是女房东的贪心所致。丢了一些不值钱的东西，我不在乎，因为住在阿玛达家的好处不胜枚举。

“一天夜里，麦克哭醒了。我和鲍伯连忙跑到儿子身边。他嘟囔了几句没头没尾的话，又入睡了。可从此后这孩子经常做噩梦。他常常醒来后大喊大叫，哭哭啼啼，要阿玛达来照看他。儿子不停地说着什么河流、宝藏、神仙、暴风雨之夜；可我并没有惊慌，因为我把儿子的这些情绪波动归咎于环境的改变。尽管如此，我依然不看好女房东，因为我想是她给我儿子麦克的脑袋里塞满了让他心理失衡的谎言。可我希望儿子心情舒畅啊。

“时间一天天过去了。鲍伯一心只顾写作。书越写越厚。可我为写作开展的工作却效率很低，让我不得不认为自己并没有真正具备干这类工作的能力。我难过地承认：我对科学已经毫无兴趣。鲍伯越来越不能吸引我了。我俩决定回去后就离婚。我一心只盼着这部著作能早点画上句号。唯一能让我高兴的事就是看着麦克。他令人惊喜地适应了这里的环境和同学，与其中许多人交上了朋友。一开头，麦克在学校里很胆小，选择的朋友也是胆小的学生。后来，恐惧变成了无畏。他和小朋友做的游戏紧张又严肃，让我不由得感觉到游戏中的危险信号。

“一天下午，我接待了伊达尔戈女士的来访。她费了好大劲才进入正题，兜了一大圈才说出：她再也忍受不了麦克了。他已经煽动起一群小子闹事了。这个‘盖罗’一提出不上课，就会人人都响应，纷纷跟他去种植园、森林和河边嬉戏。要是麦克拒绝做作业，其他人也都这样干。有时候，这位待字闺中的女老师通过所谓的‘大奖’诱使最用功的学生去完成作业，结果据我所知，她房间里的许多物品就会不翼而飞了。我多次查问过他：为什么老师常丢东西？他便装出一副无辜的样子，这真让我难过，因为我毫不犹豫地就相信了他。伊达尔戈女士用了整整一个下午的时间讲述了麦克的事情。比如，她说，麦克经常给同学们讲故事，讲的什么内容人人都绝对保密。有时，她看见麦克蹲在校园的某个角落，身边围了一群小子。那些小子都是挑选出来的，走起路来挺胸抬头，十分得意。那些没入伙的，极力讨好‘盖罗’，积极要求加入‘组织’。

“我以为这是女老师夸大其词。但不管怎样，我还是训斥了麦克，因为他没说出他玩具失踪的真正原因。可是我儿子求我别生气。他说，把玩具送给同学是非常自然的事，因为对小朋友来说，这些玩具都是不寻常的玩意儿，而他早就不感兴趣了。

“一天早晨，我送儿子出门去上学，看见对面门廊下至少有十个同学在等着他。一想到伊达尔戈女士的话，这事让我感到不快。下午，儿子一回家，我问他怎么回事。

“他回答说：‘因为他们佩服我嘛……’

“‘佩服你？’我吃惊地问他。‘佩服你什么？难道你是最好

的学生？或者做了什么了不起的事情？’

“‘不，不，不是因为这个。是因为他们觉得我与众不同。’

“‘与众不同？’

“‘对，与众不同。’他又补充说，用了挑战的语气，‘光脚上学的事发生以后，不是你自己说的吗？我与众不同嘛！’

“我不知道该采取什么样的态度。难道这就是我好心好意的结果？我严厉地训斥了他一顿。给一个十岁的孩子讲清楚道理是非常困难的。我已经没力气去想回到美国文明社会之后的事了。我坐在灯下静静地补袜子。飞虫围绕灯光嗡嗡地叫着。麦克在翻看一本书，时不时地瞅瞅门外。阿玛达早就出去了。她应该很快回来给我们送晚餐。麦克突然开口道：

“‘阿玛达也是这么说的。伊达尔戈老师把想法跟大家说了……’

“他似乎想争论一番。我担心，就只说了一句：‘这事该马上停下来……’

“儿子继续说下去：‘这么说您不知道桑特尔莫的妈妈跟拉米雷斯的母亲之间发生的事啦？太逗了。村里人都知道啊。您还记得起初我是那个傻瓜拉米雷斯的朋友吗？后来，我烦他了，就跟桑特尔莫兄弟好了。对了，他们两家是邻居。我跟桑特尔莫兄弟成了朋友以后，就不想再找拉米雷斯了。于是两家就打架了。如今双方见面互不理睬。有人说，一天，拉米雷斯的妈妈在码头上撞见了桑特尔莫太太，一下子就把她推下河里去了，差一点淹死……’

“儿子讲故事的口气让我大吃一惊，我根本不敢抬头看他。我采取怀疑的态度：

“‘可人家为什么那么喜欢你呀？你肯定是个特别好的孩子……’

“麦克听到这里，表情不安地望着我。这样的眼神我从来没在孩子的眼睛里看见过。那眼神里有笑意，混杂着对我愚笨的话语深深的蔑视。这像是我在跟一位十分睿智的老先生谈话。我儿子已经达到一个我无法控制的高度了。

“‘对，是因为这个……’他回答说。

“‘除了这个，没别的原因啦？’

“正在这个时候，阿玛达回来了。麦克跟着她走了。我没敢阻拦。

“我很想把心里的担忧告诉鲍伯，可他什么也听不明白，因为他一心在想很快就要写完那部著作。他说，不必担忧，因为再过一个月我们就要离开了。另外，就是我自己也没把事情弄得明白无误。但是，在鲍伯写作的同时，我有足够的时间对麦克的事操心。儿子有两种精神状态：一是在我和鲍伯的身边时，他总是灰溜溜的，好像掩饰着什么，总是想着别的什么事情；二是，只要有阿玛达或者桑特尔莫兄弟在他身边，他就进入情绪高昂的状态，一身的勇气。他夜里做噩梦的情况屡屡发生。有时他说梦话，说什么在远方，这条河的发源地住着金发大仙，凡是能走到大仙住处的人，就能成仙。他还说有一种长着金羽毛的鸟儿，可以照亮森林；还说到阿玛达和夜里逆水上行的船只。

“伊达尔戈老师又一次抱怨说，再也对付不了麦克了，因为没人去上课，大家都跟着他远足去了。我也对付不了他了。我默默地观察着自从我们来特拉科特拉尔班居住后在他身上发生的变化，他接触了原始的威力，接触了阿玛达和那些孩子，他们的眼睛熟悉密林与河流的古老语汇。麦克本身就像一条雨后泛滥的河。种种力量似乎都从我儿子的内部流溢出来。可我视而不见，没有意识到他太脆弱了，难以支撑得住。我说视而不见，因为我的信念是那些孩子与麦克接触有助于他们走向文明，因为麦克不仅对我，而且对那些孩子们来说，都是一个超人。我不知道那些孩子们及其周围环境大大扩展了麦克的生活范围，甚至达到了这样的程度：一切神秘和神秘力量放射的一切都变成了他身上的自然元素。

“整整一个下午都刮着搅乱蓝天的黑风；到了夜里，沉重的乌云炸成了电闪雷鸣，又化做一场大雨，把村子、咆哮的河水和雨林关进一个闷热难耐的‘房间’里。这是我们来到特拉科特拉尔班后亲身经历的一次热带狂风骤雨。我们应邀去伊拉里奥神父家共进晚餐，路上并没有什么特别担心的。途径码头时，我们发现由于暴风雨的关系，所有的小船都上岸了，只有一只除外。这只留在河里的小船被浪头打得“咯吱”作响。我们不知船主是谁，没办法通知他把船拉上来，说不定这是他唯一的家产呢。

“伊拉里奥神父的厨娘很喜欢我们，早就准备了我们偏爱的饭菜。正当我们在喝汤的时候，好心的神父说：‘这好像是你们著名文明的结束……’

“我和鲍伯不由得看到多次重复过的争论又要降临了，可是对这位神父来说，这样的争论仍然令他兴趣盎然；他在热带生活了十年之后，再来一场暴风雨也不会让他感到意外。

“酒足饭饱之后，又聊了好大一会儿工夫，正当我们准备告辞的时候，听见有个男孩在门口叫喊。我吓得脸色苍白，急忙起身去开门。黑风吹进家门；门楣下，我看见小拉米雷斯正在望着我，他在发抖，浑身被雨淋得湿透，他一言不发。我立刻就明白了：我们来到特拉科特拉尔班之后的这段时间，可能会发生的事终于发生了。这之后，我对那天夜里发生的事就记忆混乱了。但是，后来，通过那个站在神父门外叫喊的孩子之口(这孩子参加了最近那次游戏)，我得知了发生的事情。

“好像那天夜里我们刚一出门，阿玛达就回自己的房间去了。麦克穿好衣服，准备出去玩。我永远不会知道，也不想知道：发生那样的事是不是阿玛达纵容的结果。我希望这想法刚好相反。

“如今我一闭上眼睛，就能想像出整个情形来。麦克沿着街道上湿漉漉的草地狂奔，雨水从这位小仙的金发上流下来，这样的自然环境并没有让他感到不适。他跑到广场的拐角处，与同学们会合，众人一道向码头跑去。拉米雷斯一开始是跟大家一起出发的，可一看到漆黑的天空中时时划过的闪电，又感觉到热风在激怒河水和密林时，他就开始掉队了。好像是他受不了这样的想法：是佩德罗·桑特尔莫，而不是他，竟然当上了麦克的副手，羡慕、嫉妒还有恐惧让他重新考虑要不要跟着大家跑。这孩子告诉我，麦克常常给同学们讲述阿玛达说给他听的故事，特别是那个金发神仙的故事：他们住在这条河的发源地，说什么需要在暴风雨之夜跑到那里才能成仙。麦克说服大家：成仙后可以有种种威力、大批财富和全部的智慧。拉米雷斯说，这个远征计划从很早以前就开始策划了。首领只选中了十个同学。我能想象得出，如果这些河边长大的勇士们毫不犹豫地登上那条破船，我儿子会做出什么承诺。他会不会答应给大家黄金，或者让同学们成为像他一样与众不同的人呢？或者承诺大家会有像他那样的超人智慧？我不知道……

“拉米雷斯从码头看见大家上了船。我无法想象九个十到十二岁的孩子怎么能在一个暴风雨之夜上了船。他们的力气是从哪里来的呢？怎么会这么勇敢呢？不知道，我不知道……拉米雷斯亲眼看见了他们为控制船做出的努力，急雨让他们变得十分盲目。大家看见他不肯上船，便破口大骂起来。麦克下令解开缆绳，众人操桨，麦克掌舵，小船驶入咆哮的河水中。

“船上有个小手电。我想像得出大家顶着雨水望着手电，借助这点微弱的光亮可以看到我儿子那严肃而紧张的面孔：他在掌舵啊！我想像得出每个孩子的脸上显露出努力的表情。我想像得出那无能为力的表情，那因为无能为力而愤怒的表情。我想像得出这条小船只有那么一点光亮，在愤怒的浪涛里颠簸跳跃。我想像得出如何从船上看到一侧村庄的灯火和另一侧闪电之下闷热、漆黑的密林。我愿意想像孩子们游戏的热情至少多持续了几分钟，这让我心里产生些许安慰。希望孩子们看到小船在'咯吱'作响、解体之前，恐惧还没有占据心头的时候，相信自己的冒险活动在短短的几分钟里已经达到光辉的顶点，赶在雷鸣电闪之前，赶在浪涛淹没他们的喊声之前，赶在小船沉没之前，赶在河水因孩子敢于挑战而勃然大怒最终吞没他们头顶之前……"

故事快要讲完了，赫兰女士的声音在这个似乎能溶解一切、就是不能溶解她的话语和音色的炎热空气里仿佛发出了珍宝般的光彩。我看看她仍在编织活计的双手，似乎猜出了编织物的形状。我注意到她那顶着脏帘子的脑袋：像阿玛达·巴斯盖斯的脑袋一样聪明、永恒、深奥。

她接着毫无感情色彩地继续说道："营救持续了整整一宿。全村的人都跑到码头上来帮我们，许多人打着灯笼和手电，尽管在漆黑的夜里用处不大。鲍伯跟一些家长乘小船沿河寻找。我不知道怎么没想到鲍伯可能也会命丧河底，可我看见他上船时我一点也不担心。一切都没有用了。没有发现半点关于孩子们的蛛丝马迹。我听见有人说几天后在河口处出现了两具尸体。可都没有麦克。

"我和鲍伯很快就离开了小村。我恨那个给我造成不幸的村庄以及那些不吉利的人们。但是时光慢慢治愈了我内心的创伤，恢复了我对工作、丈夫和人们的爱。我有了时间思考和勾画出事情发生的脉络。但不是与我生活和人类经验分离的脉络……"

她的声音停了，终止在长长的沉默里。

我说我要上驳船甲板看看到港的情景，可是我想赫兰女士没有听见我的话，她在一心一意地忙编织呢。我站到甲板上，让热风吹拂面颊。我闭上眼睛，再睁开：仿佛第一次来到这个世界。

我们的驳船向绿色的岸边靠拢，这绿色千差万别，因为树在变化，船在运行。时不时会闪过小码头、木桩插在水里的屋子、裸露半身的男人以及从阴影里走到阳光下的白草帽。森林里有只鸟在鸣唱：音域高亢而嘹亮，包容了种种杂音，随后又归于沉寂。转过一处多树的河湾，我看到特拉科特拉尔班教堂的蓝色钟楼高高矗立在森林和屋顶之上。

我不晓得自己在甲板上站了多久，看着风景。后来，我想起赫兰女士关于阳光的警告。我下到船舱，要了一瓶啤酒，等候驳船靠岸。 村里的孩子们一看见我下船，一起冲我喊道：“盖罗！盖罗！盖罗！”

夫 人

（献给玛尔塔·希伯尔）

我无法准确地回忆起我是什么时候第一次意识到她的存在。但如果没记错的话，那是冬天的一个下午，我坐在一辆正穿行在平民区的有轨电车上。

只要我在房间里待腻了，又厌烦那些家长里短的谈话时，我就常常登上一路电车，而不管它开往哪里，就这样在城里闲逛。那天下午，我带了一本书，以防会想看，但我没打开它。外面下着零星小雨。车内几乎空无一人。我在车窗旁坐下，从玻璃的一块雾气上擦出一块空白，向街上张望。

我不记得她什么时候坐到了我身边。可电车在一个街角停车时，那种常见、但神秘的感觉袭上心头：此时此刻并不重要的瞬间见到的一切，此前我都经历过或梦见过。此情此景似乎是曾见过的同样情景的精确翻版：我前面的一个乘客粗壮的脖子露出皱褶，身穿一件破衬衫；三四个人零星地坐在电车上；街角处有一家药房，招牌闪闪发亮；一名巡警站在红色的邮筒旁伸着懒腰。几分钟后，天就黑了。此外，我看见我双腿旁边有个盖着绿色雨衣的膝盖。

我熟悉这种感觉，我不惊慌，而是高兴。于是，我不厌其烦地反复琢磨：此前，这一切是在什么地方、怎么发生的呢？我心里发出一声嘲笑，打发了这种感觉，仅仅是又看了一眼那个盖着绿色雨衣的膝盖。

那是一位夫人。是位一手拿湿雨伞，头上戴着实用的帽子的夫人。是位五十岁左右的夫人，这样的妇女在本城有成千上万。她不美，也不丑；不穷，也不富。长相中等，姿色一般。眉毛比一般人更偏近眉心，是这张面孔最突出的特征。

上述描写是借助后来发生的事才做出的，当时我没怎么看出夫人的长相。电车铃铛响了，车子一开动就驱散了我熟悉的场景，我从擦干净的玻璃上向外看街道。路灯亮了。一个毛孩子从食品店里出来，手里拿着两根胡萝卜和一个面包。一排低矮的房屋沿着人行道向下延伸开去：窗、门、窗、门，两扇窗户，与此同时，鞋匠、水管工和蔬菜瓜果商纷纷关闭了小店铺。

我心不在焉，根本没发觉邻座的夫人什么时候下了电车。既然看了她一眼之后就再没想她，我怎么能发觉她的行动呢？

直到次日夜间，我方才又想起她来。

我家所在的街区与昨天下午电车带我去的地方大不一样。街区的人行道上有树木，家家户户都半遮半掩地藏在栅栏和灌木丛的后面。天色很晚了，我也累了，因为大部分时间在跟几个朋友闲聊，喝啤酒和咖啡。我竖起大衣领子，向家里走去。在穿过一条街道之前，我看见远处有个熟悉的身影，在树阴下渐行渐远。我停下脚步，仔细地观察一番。对，就是那位昨天下午在电车上坐在我身边的夫人。她走到路灯下，我立刻认出了她那件绿色雨衣，虽然在车上我仅仅看了她几秒钟而且没给我留下什么深刻印象，但我认定那就是她。我又穿过一条街道。那天夜里我入睡时没去想那个在僻静街道上、树阴下渐行渐远的身影。

两天后，一个阳光明媚的上午，我在市中心的一条街上看见了那位夫人。中午十二点正是街上最热闹的时候。妇女们驻足于商店橱窗前，讨论着可能购买的衣裳和布料。男人们夹着文件走出了办公室。我又一次认出了那位夫人，她混在人群里穿过大街，尽管她穿着与往日不同，我认定那就是她。我稍稍有些奇怪：为什么她的身影在我的心头挥之不去呢？哪怕是她混在本城的所有居民里！

此后，我见到夫人的次数越来越多。在许多地方、各种时刻都见过。不过，有时我也会有一周或更长的时间看不到她。我甚至冒出了一个夸张的想法：莫非她在跟踪我！我排除了这个想法，因为发现她与我相反，根本认不出人群中哪个是我。反之，我喜欢在一大群陌生人里，辨认她那张面孔。我坐在公园的长椅上，她拎着蔬菜口袋匆匆而过。我停下来买香烟；她买她需要的东西。我去电影院；夫人也去，坐在距离我两排远的地方。她不看我，可我喜欢观察她。她嘴唇显得厚实，手上戴个大戒指，相当俗气。

渐渐地我有意寻找她了。如果一天没见她，就会觉得缺了点什么。比如说读书时，我会突然猜测夫人在做什么，而不能聚精会神于文字。我开始搜集有关她个人的资料，都是些无关紧要的资料。她喜欢绿色。只抽某种牌子的香烟。她购物是为了给家里做饭。

有时，我很想见她一面，竟然放下手上的活计，出门找她。有几次找到了她。有几次没有，我回到家里，垂头丧气，一头扎进自己的房间，夜里剩下的其他时间，想不成别的事情。

一天下午，我出去散步。回家前，天色已晚，我在广场的长凳上坐下。只有本城才有这样的广场。城市很小，很新，好像对这个实用的街区来说，是个既不繁荣也不贫困的次要场所。这里的树木发育不良，拒绝生长，仿佛是因为被栽种到如此贫瘠的土壤、如此平庸、不起眼的地段上而生气。在一处街角，一家饮料店的灯光照亮了三个小伙子的身影，他们站在灯光下闲聊。在一个没水的游泳池里(看来始终没有完工)，有碎砖块、果皮、烂纸。广场上的长凳坐着几乎不说话的情侣，好像周围恶劣的环境不适合做更亲密的动作。

我看见夫人走在一条小路上，胳膊挽着一位妇女。二人兴致勃勃地说着什么，迈着缓慢的步伐。她从我眼前经过时，我听见夫人用痛苦的语气说道：“这不可能啊！”

另外那位妇女搂住夫人的肩膀，连忙安慰她。二人绕过未完工的游泳池，踏上另外一条小路走了。

我感到不安，起身去追，希望能追上她俩；我想问问：出什么事啦？可她俩已经消失在行人往来的街道上。人们总得干完这一天剩下的活计啊！

在这次相遇之后的一周里，我心里着实不安。我每天在城里漫步，一心指望着路遇夫人，但没再看见她。她好像是消失了。我丢下全部的工作，因为实在无法集中精力做事。我需要见到她从眼前走过，仅此而已，我想知道那天下午在广场听到的声音中的痛苦是否依旧。我前往她经常光顾的场所，打算拦住什么人，最好是她的亲朋好友，问问她的下落。可我根本不知道该向谁问起，只能放过一个个行人。整整一个星期，我都没看见夫人。

接下来的几周情况更糟。我甚至借口生病待在家中，卧床不起，这样可以忘掉她塞满我脑海的形象。我一心盼望待上几天不出门之后，只要一上街就会与她不期而遇。可是，我没能坚持到几天，两天里满屋子都是夫人的身影。仅仅两天之后，我就上街了。一起床我就感到体虚，浑身不舒服，可我还是上了电车，看电影，跑商场，去市外的马戏团看演出。各处都没有夫人的影子。

但过了一段时间以后，我又看见夫人了。此前，我蹲下来系鞋带，抬头看见对面人行道上夫人过去了，她脸上微笑着，手持一束合欢花。这是本季节初上市的鲜花。我本想跟着她，可她已经消失在乱哄哄的行人堆里。

那次失去她的线索以后，她的形象从我心中消失了。我又去找朋友们闲聊，结识新人，独自或有人陪伴在街上闲逛。并非是我忘记了她。而是她的身影已经融化在本城的居民之中了。

后来，一天早晨，我醒来时确信夫人病得要死了。那是个礼拜天。午饭后，我出门去街区的树阴下散步。一个阳台上，一位老年妇女正在晒太阳，膝盖上盖着一块长方形的大毛巾。草地上，有个姑娘正在给花园的木器刷红漆，准备度过夏天。行人寥寥无几。透亮的空气准确地描绘出万物和噪音。但在本城的什么地方，我在城里漫游的时候，夫人要离开人间了。

我回到家中，待在屋内，等待着什么。

从窗户向外望去，电线在清风中摇曳着。暮色缓缓地蔓延，越过屋顶，越过山顶；越来越费灯火。电线继续摇曳，晃动。花园里，有人用软管浇着花草。鸟儿们忙着过夜，我从窗户中可以看到的所有大树顶端都在摇晃，都有响动。隔壁花园里有个孩子在笑。一条狗在叫。

片刻之后，种种嘈杂同时停止，平静的黄昏里打开了一口沉寂的深井。电线已经不再晃动。在一个陌生的居民区里，夫人已经过世。那天夜里，有处人家虚掩着屋门，有个房间点着蜡烛，屋内充满低沉、安慰的话语声。暮色滑向一个不知不觉的尾声，熄灭了我对夫人的全部思念。后来我大概是睡着了，因为我再也想不起那个夜晚发生的其他事。

第二天我在报纸上看到埃斯特·德·阿兰西维娅夫人的亲属发表讣告和葬礼的时间。难道会是……？对，肯定是她。

我参加了葬礼，跟随送葬的队伍沿着十里长街缓缓前进，人们都保持沉默，大家都熟悉逝者的音容笑貌，为她而悲痛。后来，我在树阴下漫步，因为那个阳光充足的下午让我感到特别的平静。

如今我仅仅是偶尔想想夫人而已。

有时，我会冒出这样的想法——比如，在一个街角——眼前的场景只是从前经历过的翻版。于是，我想到还会看到夫人从我眼前走过：两眉相连，身披绿色的雨衣。但这让我有点想笑，因为我亲眼看到她的灵柩被放入墓穴之中，后面是一堵墙，周围有成百上千座一模一样的坟茔。

精彩的晚会

阿尔贝托·阿尔德亚——在他工作的机关简报办公室里，人称“贝托”——那个周六上午光彩照人地系了一条胭脂红的丝绸领带。在他那张乏味的脸上，无框眼镜的后面，一双小眼睛闪烁着羞怯的热情火花。

埃尔维拉，这个部门的新人，已经看见贝托进来了。由于她已经融入到办公室的氛围，所以同事不寻常的领带没有逃出她的视线。她还察觉到贝托的穿戴上有不寻常的炫耀成分：黑色套袖保护着蓝色西装的肘部和袖口。埃尔维拉瞅瞅弗雷迪·奥索里奥，看他是否也察觉到什么。她在他耳旁说：

“喂，瞅瞅贝托！”

弗雷迪·奥索里奥看了看贝托，用那种胜利者的表情扬起一道黑浓眉。毫无疑问，贝托一定发生了什么不寻常的事。贝托那干瘦的身体，尽管只有四十五岁，却好像装着什么宝藏。但贝托的衣着变化还不足以打动弗雷迪，顶多有几秒种的兴趣罢了。相反的，倒是埃尔维拉对他说话的亲密口气，引起了他的注意。这印证了他的猜测：她喜欢他。弗雷迪掂量了一下如果下午请她看电影有什么好处。埃尔维拉的好处是，她不是那种老要花钱的姑娘。再说，她那整齐的黑发和年轻丰满的身子(夏季的绸衣在上面滑来滑去)，令他的追求虽说不上是征服大美女，但至少为他提供了一次保持威信的好机会。下午他没什么可干的，最好邀请埃尔维拉看电影，而不是去酒吧找朋友打牌、喝啤酒。平时，他经常跟三两好友谈大买卖和诱人的姑娘，最后个个以为能从事冒险的生涯。他看到贝托上班时间前五分钟就着手登记申请表，便开口道：

"好家伙，心情真好哇！是不是中了头彩啦？"

贝托笨笨地一笑，没吭声，又埋头登记去了。他本想回答，可是没准备好说些什么。他很清楚，办事说话多加小心是第一位的。他必须等待合适的机会并寻觅一种恰如其分的语气。只有这样，才能赢得荣耀，免得他的事无论好坏，最后变成羞辱。

弗雷迪没指望贝托能回答他的问题。他的心思很快转移到别的事情上去了。与此同时，埃尔维拉和办公室主任玛尔蒂塔夫人已经穿上了工作服，从手包里掏出小镜子化妆、梳头后，面对打字机坐了下来。办公室从多年前就是如此，开始在阿尔贝托·阿尔德亚身旁运转起来。

幸运的是，周六用不着接待公众。这样，阿尔贝托自己面对登记的公文，可以思考思考，让计划慢慢成熟，然后向同事们亮出他的功绩的重要性。刹那间，他以为埃尔维拉和弗雷迪的笑声是他引起的呢，但很快就发现原因不在他。周末会让这两个人干出什么浪漫勾当呢？再过去一些，靠近大窗户的地方，玛尔蒂塔夫人依然保留着受年龄束缚的成熟女性所具有的幽默感，准备责任感允许时再笑。她只是偶尔摘下眼镜，眨眨睫毛，肯定是在想自己的女儿；女儿的教育问题可是费了她好大的力气。也许她还想着那个八年前离家出走的丈夫，他为了一个风尘女子竟然抛弃了她母女二人！周末能给玛尔蒂塔夫人和女儿带来怎样宝贵的柔情和奉献呢？

在阿尔贝托·阿尔德亚与母亲共住的公寓里，晚上的牌局已经准备好。玩牌的人，除了他和母亲外，还有公寓房主埃斯特维太太以及堂海梅。后者是位退休教授，衬衣的翻领上插了许多别针，他常用这些别针去剔和挖身上不可预料的皱褶和孔洞。每个礼拜天在小区剧院他跟母亲追看的连续剧，结束了一段非常有趣的故事，老母亲整个一周都在念叨这事，由于冥思苦想和主观推测下一部的情节，竟然丝毫不在乎儿子的工作成败了。阿尔贝托几乎不看埃尔维拉和弗雷迪。这二人一直在边工作边闲聊。弗雷迪昨天才悄悄告诉他：他准备邀请埃尔维拉去繁华商业区一家新开张的日式歌舞厅。他怎么就没想到这是不公道的呢？尤其是今天啊。弗雷迪年轻，长得帅，身穿一件灰绿色华达呢西装，几乎是新的呢。可这就足矣了吗？他弗雷迪这辈子干过什么大事吗？比如像他贝托昨天下午做出来的事情？没有！可他弗雷迪却要晚上去跳舞，跳到深夜。他呢，得留在家里，跟母亲，跟埃斯特维太太，跟堂海梅打牌。

阿尔贝托眼看着一个上午就要过去了，也没敢对人说说他的胜利。他在椅子上坐不住了，一想到比方说弗雷迪会做何反应，他就无法平静下来。就在他获奖时，他就决定弗雷迪应该是知道这消息的第一人。虽然这小子爱开让人不快的玩笑，但阿尔贝托知道他欣赏自己。可眼下他看到弗雷迪一脸的嘲笑，就没勇气找他大大方方地说话了。

阿尔贝托一看到弗雷迪出了办公室，就坐不住了，连忙跟在小伙子身后。通常弗雷迪对他开玩笑时，总有旁人在场。要是想在走廊里单独找这小子谈话，眼下是个机会。可他看见弗雷迪一边抽烟，一边在跟一位高个子苗条女人交谈。阿尔贝托从他和她身边走过，回来时又从他们身边走过，等待机会。等他们分手后，阿尔贝托凑到弗雷迪身边，说：“嗨！弗雷迪！”

“贝托，怎么样？你好吗？哎呀，天真热啊！喜欢刚才说话的那个娘们吗？”

“当然，真漂亮……”他回答说。说这么一句话挺费劲，像是说大话，因为他不习惯说这种词汇。

“今天你是怎么了？这么高兴啊！要征服什么女人吗？这领带………”

“伙计，不是，不是。因为……因为……”

后面的话没说出口。可应该说出来啊。仿佛他为争取胜利而做出的全部努力，唯一的目的就是说给弗雷迪听。如果不说，这胜利就失去了价值。那件睡觉用的背心，衣袋上绣了他的名字首字母，据他母亲说绣上去是为了奖励他，可这奖励还不够。再说，老妈的许多活计开了头，却很少收尾，因为她手指有关节炎，实际上，她更喜欢打牌。沉默中，弗雷迪仔细看了同事一眼：脸色苍白，比平时更矮，更蠢笨。阿尔贝托发觉如果失掉眼前的机会，那小子就会永远怀着轻视的态度走了。尽管语无伦次，他还是把话都说出来了：

“听着，弗雷迪！你看，我昨天拿了决斗手枪的全国冠军。就在射击场上。好像要派我去参加奥运会，年底，去欧洲，代表国家……”

刹那间，他以为说砸了。弗雷迪很可能会说些刺耳伤人的话来。可他看到小伙子眼睛一亮，这说明有救了。弗雷迪的脸笑开了花。

“好家伙！”他吃惊得结巴起来。“真了不起啊！这是真的？”他拍拍阿尔贝托的肩膀，让后者难以开口。“我还不知道你有这样的爱好呢。很难吗？你可从来没说过啊！伙计，祝贺，祝贺！国家给你掏差旅费吗？咱们给办公室的丫头们说说吧。”

阿尔贝托握握弗雷迪的手，他觉得这手软弱无力。一切担心都烟消云散了。这位同事围绕比赛和出国提了各种问题。会不会经过巴黎啊？

他俩进了办公室，玛尔蒂塔夫人和埃尔维拉连眼皮都没抬。透过敞开的一扇大窗户，决斗手枪全国冠军看到了初夏上午的阳光抚摸着广场另一侧城市大楼的屋顶。

弗雷迪喊道："姑娘们！祝贺贝托吧！国家要送他参加奥运会啦！他要经过巴黎！"

他给惊讶的女同事们讲述了贝托的英雄事迹。马尔蒂塔夫人和埃尔维拉闹哄哄地向英雄祝贺，还跑到其他办公室号召大家庆祝贝托的胜利。可贝托本人努力保持低调，尽管激动的眼泪在眼眶里面打转。无论男女，他都以"你"相称，都接受和回敬问候。他反复看了又看，上午的阳光几乎垂直地落在建筑物和广场上。真是美好的一天啊！可是对他来说，美好的一切过半小时后就会结束了：办公室一锁门，欣赏他荣耀的人们会因各自的爱好，各自的快乐而各奔东西，而他会被排除在外。一条条街道的远方，从建筑物之间望过去，可以远眺薄雾弥漫的零星山峰。贝托的公寓房里可没有看山的窗户。

第一波喧闹声降低、办公室之外的旁人退去的时候，弗雷迪说："咱们四人应该好好庆祝庆祝这事……"

两位女性觉得这主意很棒。玛尔蒂塔夫人连连叫着"赞成"，说罢对着门上的玻璃梳起头发来。她快五十岁了，但是即将退休的男性职员会挤挤眼睛，称她为"让人感兴趣的姑娘"。她不声不响，但货真价实，"离婚女人"的魅力四射。阿尔贝托·阿尔德亚多年前就与她相识。但二人的关系不但从未亲密过，还由于一群职员给她寄过几首阿尔贝托署名的色情诗歌而彻底冷却下来了。玛尔蒂塔夫人哭了很久，总是说："你们以为人家独身就有权干坏事！"贝托再三澄清：署名是假的，可坚冰依旧。虽说如此，贝托总觉得欠了她一份情债，这成了二人历史上的纽带。他为眼前她热情的祝贺而高兴，对她热烈欢迎庆祝他胜利的态度而兴奋。

“那咱们能干点什么？”埃尔维拉问道。

“那家新剧院正在上演一部好片子。”玛尔蒂塔夫人高声道。“咱们可以去看看……”

“哎呦，不去！就是那个墨西哥片子，有个金发演员，对吗？没劲！”埃尔维拉说。她一面注意弗雷迪的反应，一面又说，“我看过了，跟那个有车的小伙子一起看的。玛尔蒂塔，我跟你讲过，记得吗？”

“不，不。这一回晚上要好好庆祝庆祝。”弗雷迪插话，全然不理睬埃尔维拉的想法。

阿尔贝托一听说要“好好庆祝庆祝”，就想支持去看电影的建议。往常，这种活动他是不参加的。如果办公室要去什么晚会，他九点钟就退席。但他并非不知“好好庆祝庆祝”的意思。此外，他必须早点回公寓。有好多次，晚上的饭菜不如妈妈做得好吃，再说用他房间里的烤炉准备些吃食是他的责任。可他既害怕又脸上发烧地看到：这一次他无法拒绝。幸亏这一次是跟女人一起去，“好好庆祝”的尾声，也是最痛苦、最屈辱、代价最高的尾声就不会发生了。

各种建议都没通过，因为场合不合适。埃尔维拉的眼睛湿润了。阿尔贝托一看到玛尔蒂塔夫人温柔、固执地注视着他，就乐得浑身发抖。

最后，还是弗雷迪找到了合适的办法。

“我姐夫有辆好车。今天他坐火车去特诺市。他多次让我玩车，因为知道我驾驶技术特好。今天下午咱们借他的车去郊游野餐怎么样？”

※ ※ ※

最后四人决定早点去海边，晚上八点半返城，好让玛尔蒂塔夫人有时间接女儿从命名日晚会回家。

阿尔贝托一登上那辆老式敞篷轿车就哆嗦了一下，因为他看见食品口袋和晚上返城时的大衣之间有个危险的小口大肚玻璃缸。埃尔维拉跟弗雷迪坐在前排。她身穿一件桃花色薄罩衫，脖子上系了一条围巾。在阳光下，一根唇边的金色汗毛让她的脸色格外红润。玛尔蒂塔夫人用一声平静和亲密的问候迎接阿尔贝托，这与后来四人的欢声笑语十分不同。她用了一点淡淡的香水，身穿一件灰绸衣裳，上面绣有黑白相间的小碎花。但是让她同事们感到特别典雅的装饰品是她脖子上系的一条有丁香花图案的透明围巾，虚虚地遮掩住她的丰乳。阿尔贝托还发现，在阳光下，她的瞳仁不是黑色，而是栗色的，甚至有些金黄色。

“贝托，好了吗？开‘船’啦！”弗雷迪说罢启动了轿车。

一离开城里最后一排房子，四人齐声唱起了一首英雄赞歌。声音最高的恰恰是贝托。可是，当弗雷迪不减速地驶入弯道，或者埃尔维拉把满满一杯酒送到弗雷迪唇边的时候，贝托的嗓门就降调了。贝托的母亲不喜欢汽车，就像她不喜欢武器一样，她提了一大堆忠告后，才同意儿子去郊游。

片刻后，贝托觉得阳光照在他头发稀疏的脑壳上了。他把一顶白色水手帽紧紧扣在头上。这是他有一次摸彩时抽中的，一直没用过。

“拿破仑！”玛尔蒂塔夫人喊道。众人于是高唱一首纪念拿破仑的歌曲。贝托一屁股坐到座位后面折叠起来的车篷上，一只手放进汗湿的衬衫里面。吊在胸前的眼镜被风吹得晃来晃去。他又重新坐到玛尔蒂塔夫人的身旁了。后者给了他一杯葡萄酒，要他一饮而尽。弗雷迪颈部布满了汗珠，他除去握好方向盘之外，对别的都不感兴趣了。

天晚了，四人决定没必要去海边了。车子开进一条支路，他们决定停车，大家下了车，在一片河湾处安营扎寨。大家纷纷在一棵柳树旁坐下，旁边是一条小河。地面潮湿，贝托把自己的上衣铺在地上，请玛尔蒂塔夫人坐在上边。四人纷纷脱下上衣，解下围巾，拿出食物，打开葡萄酒坛。弗雷迪在两个女人惊奇的注视下显示了他强健的肱二头肌。阿尔贝托看看自己的瘦胳臂：蜡黄色，长着稀疏的汗毛。趁大家不注意，他赶忙拉下衣袖。

柳树下，阴凉里也是湿热的。蜻蜓追逐着苍蝇嗡嗡作响，在树叶留下的光线里兜着圈子，围着树干和四人红红的脸庞上飞舞。玛尔蒂塔夫人倚靠在柳树干上，身后是长势良好的燕麦。她铺上台布，安放食物。阿尔贝托脱下皮鞋，把袜子放在鞋里，仔细地叠好吊袜带。他把长裤卷到膝盖上，在河边坐下，让河水滑过脚趾和脚面。没人开口说话。但阿尔贝托知道玛尔蒂塔夫人会为他做个最好的三明治，就跟他母亲做的一样。埃尔维拉和弗雷迪在稍远的地方仰面朝天，躺倒在地上，互相挨得很近。间或有人唱一首歌，其余三人时不时地合唱几句；间或有人起身去再次斟满酒杯。

忽然，弗雷迪说："最好请咱们的英雄来个表演。你带枪了吗？"

两个女人为这个主意喝彩。可贝托说，他没带枪。幸亏他把枪留在大衣里了，在汽车上呢，在空地的另一侧。可没人知道枪在大衣里。今天，他没准备表演。他们愿意相信他没带枪，就让他们信；如果他们不信，那就拉倒。他浑身没劲。他不习惯晒太阳、进行户外活动和饮酒。他发现酒坛里的酒不到一半了，便担心地想：是不是他把酒都给喝了。他走到玛尔蒂塔夫人身边，准备说几句重要的话。这时，弗雷迪的一只胳臂已经搂住了埃尔维拉的细腰，他说道：

“哎呀，贝托，好好照顾玛尔蒂塔夫人吧！你没看见她不耐烦了吗？她还以为你是个好射手呢……”

“喂，弗雷迪，别犯粗！”玛尔蒂塔夫人突然起身反驳道。“应该学会信任别人！谁要是接纳这样没教养的毛头小子那才是傻瓜呢！这些小子以为人家离婚了就可以为所欲为……”

她说着用丁香花围巾捂住脸，小声地啜泣起来。

阿尔贝托站起来。他头上还戴着拿破仑的水手帽，下意识地用手捂住胸脯。玛尔蒂塔夫人一面抽噎一面哭泣。

“你怎么敢不尊敬夫人！”阿尔贝托吼道，一边摇摇晃晃地向弗雷迪走去。后者已经站了起来。

“行啦，小子们，别犯混！不许打架！”埃尔维拉打算让二人和解。这时，玛尔蒂塔夫人的哭声越来越高了。

“你个老蛀虫！你以为拿了个冠军，就……”弗雷迪扑过来，健壮的胸膛正对着阿尔贝托。埃尔维拉想拉住他的袖子。玛尔蒂塔夫人一看见小伙子踢翻了酒缸，哭声就停止了。

“瞧瞧这个没教养的醉鬼干的好事！”她说，又接着哭了起来。

贝托一看见弗雷迪像座大山一样地矗立在眼前，就一下子想到了汽车里的手枪：就在十五米之外。他快步跑过空地，来到汽车前，从大衣口袋里掏出枪来。弗雷迪这时已经来到柳荫外面，他不顾两个女人的劝阻，吼道：“二尾子，你跑了，等着瞧！”就在两位女士极力拉开弗雷迪的同时，阿尔贝托打开手枪保险，返回了空地。

两位女士看见贝托站在草地上，手里持枪，不由得喊叫起来。弗雷迪惊呆了。贝托冲弗雷迪跑了过来，结果脚绊在一块石头上，脸朝地摔倒了。

枪声响了一下。接着便是一片寂静……

阿尔贝托趴在草地上，小声地呻吟起来。随后传来两位女士的喊叫声，她俩要弗雷迪去找救护车。

"他死了……"

"别靠近！瞧，也许还活着呢……"

"玛尔蒂塔夫人，你就别哭啦！"

"弗雷迪，行行好！别靠近，小心，他会杀了你的。没看见吗？他疯啦！"

"村子离这里远着呐。"

"玛尔蒂塔，这是我的围巾，劳驾，还给我吧！"

慢慢地阿尔贝托的身影在草地上站了起来。他脸上有血水和泥土。埃尔维拉说，他大概在垂死挣扎呢，快去找救护车吧！

弗雷迪低声嘟囔了一句："让这个倒霉鬼去死吧！"但哆嗦归哆嗦，他还是走到阿尔贝托的身边，扶他在树阴里坐下来。

贝托摸摸前额，说道："谢谢。就是一点擦伤，没事……"头着地的部位有点痛。他听见三人生气地议论着这可怕的惊吓，纷纷说"这个愚蠢的贝托"，语气十分轻蔑。千真万确的是：绝对不该跟醉鬼打交道，尤其是带枪的醉鬼。

"如果我用河水洗伤口，会不会感染啊？"贝托大着胆子问了一句。"那可是脏水啊……"

没人回答。

两个女人分开坐下了。紧张造成的小小寒噤还是让玛尔蒂塔夫人的胸口哆嗦不已。但渐渐地她俩都平静下来了；片刻过后，他们还谈起了电影和服装。不远处，弗雷迪仰面躺在草地上，脸上盖了一块方格手帕，为了不让苍蝇来打搅。实际上它们只是来找残渣剩饭的。

阿尔贝托在打盹。睡着之前，他看到了一些发黄光滑的小山开始在蓝天上飘动。还看见了在白杨树周围找草的闲散牛群。

等到英雄醒来的时候，玛尔蒂塔夫人和埃尔维拉已经在汽车前排坐好了，身上盖着各自的大衣，因为起风了。她俩兴高采烈地聊着什么，时不时地哈哈大笑。弗雷迪正在收拾最后一些东西，他把空酒缸递给阿尔贝托，后者把它放在后排的座位上，作为他返城的唯一伙伴。

整个途中，三人一直在闲聊，没对阿尔贝托说话。确切地说，只有两个女人在聊天，因为弗雷迪的全部注意力都集中在开车上了。

※　※　※

阿尔贝托推开院门，登上冰凉气派的台阶，从前这里可能是豪宅。从楼上传来埃斯特维太太的两个斜眼孩子的吵闹声。每天下午这两个孩子都在客厅的破烂玩具堆里玩耍。

“乒！”两个孩子在吓唬他。他俩藏在种着抱蛋花的大花盆的后面。

“讨厌的斜眼……”阿尔贝托一面想着一面拐进玻璃走廊，向楼内的两间屋子走去。那是他和母亲占据的房间。这个地段的饭菜气味总是很浓，但从来没像今天这样刺鼻和讨厌。

他悄悄推开自己的房门，没有开灯就一头扑到床上去了。母亲的屋子里有灯光。从内部联结母子两屋的小门缝，变成了泄露光线的利剑，刺激着他对日光过敏的眼球。他听出门那边有动静，母亲在跛行，她总是一瘸一拐地走路。她在拉抽屉，关抽屉，整理东西，总是在整理。别指望她听见他开门以及让他安安静静地睡到大天亮。

“亲爱的阿尔贝托吗？孩子，回来啦？”

“对，妈。”他有气无力地答道。

堂娜劳拉出现在门的光亮处，她走过来亲吻儿子。

“玩得怎么样？累啦？我开灯。”

“不用，不用。我喜欢这样。我中暑了，头疼。”

“不吃饭啦？有炸鳗鱼。咱们饭后有牌局。”

“不吃，妈。我不舒服。不吃饭了。你吃完饭给我烧点茶，我要吃阿斯匹林。今天晚上的牌局另找别人吧！”

老太太走了。这事经常发生，就是不听妈妈的话，就是在午后不等食物消化偏要出去晒太阳。总算，由于这可怜虫不是打牌的好手，牌局里没他也不要紧。

阿尔贝托很快就沉沉地入睡了。母亲回来时，他已经鼾声嘹亮了。由于炸鳗鱼油腻，她这个年龄还是小心为妙，因此她没有去打牌。老太太悄悄走进儿子的房间，拿了一件大衣给儿子盖上。

与此同时，阿尔贝托在做着噩梦，不停地在床上扭动。在梦中，他在公寓各处的走廊里寻找一棵柳树，树冠上系了一块丁香花围巾。一个模样像拿破仑的家伙，身穿灰绿色华达呢大衣，留着小黑胡子，要跟他决斗。他立刻用剑刺穿了“拿破仑”，可后者慢慢地消失了。后来，他阿尔贝托要上厕所。他在厕所里发现了系着丁香图案围巾的柳树。他把尿撒在树干上了。柳树开始喊叫起来，叫嚷着有人不爱护树木，还报了警。阿尔贝托在警察赶到之前（警察要来抓他，可是一个个都一瘸一拐地走路，而且浑身散发着烂鱼的腥味）挥舞着宝剑，一下子刺穿了柳树。柳树一边快活地轻轻叫喊，一边慢慢地倒在地上。在警察局，警察要搜他身，要在他身上找出罪证来。他哈哈大笑，回答说：

“我把它丢在郊游野餐的地方了，郊游野餐，郊游野餐……”

阿尔贝托喊叫着惊醒了：

“我的手枪，妈，妈妈，我的手枪。我把手枪丢了。摔倒的时候，我没捡起来……”

老太太闻声赶来。阿尔贝托哭啊，哭啊，哭，不停地说，摔倒的时候没捡枪，忘了捡。

后来，他再也没当上冠军。好像有人砍掉了他的右臂。堂娜劳拉说，她给儿子烧了热茶，让他服下一片止痛药；还说，明天亲自陪儿子去找枪。

“我去烧茶。”

“关灯！妈……”阿尔贝托低声道。

“好的，宝贝。”

堂娜劳拉点燃电炉，放上茶壶。她从床头柜的抽屉里拿出一片止痛药放在茶杯旁边的小碟上。她拄着拐杖走了一会儿，然后在儿子床边坐下，她一眼看到了儿子的大衣，就搭在椅子上。老人家起身，走了过去，从大衣口袋里掏出一把手枪：沉甸甸，亮闪闪，有威慑力。儿子当不当冠军，她没什么兴趣；她只关心儿子的安全，不想让儿子玩危险品。她害怕枪支，不喜欢在家里见到这种玩意儿在眼前。她攥住枪口，用几张纸把枪裹了起来。她把纸包放入一个从衣柜底下掏出来的空鞋盒里，枪在里面很牢靠，四周塞上了不用的破袜子。最后，她用大纸包上鞋盒，外面用一根蓝绳捆好。她踮着脚走出房间。她绕过走廊，来到堂海梅的房间，把鞋盒交给老头，求他保存到次日。

堂娜劳拉回到自己的房间时，茶壶的水已经沸腾。她小心翼翼地沏好茶，从透明的包装纸上剥下一片止痛片。怎么到达河边呢？应该乘坐哪路公交车呢？她想不起来了。多年来，由于她患有关节炎，一人出门只去教堂：就在半个街区之遥。她打算问问堂海梅。这老头有文化，无所不知。她打算圣餐会后（无需忏悔，为了儿子安全才偷的手枪嘛），要带着纸包去河边。

"妈，我的手枪……"阿尔贝托呻吟道，一面吞下药片。

"安静，宝贝。别担心！我给你熄灯睡觉吧？"

"好，老妈……"

"晚安，儿子。好好休息吧！"

母亲吻吻儿子的左脸。

"妈，别走！陪陪我！等我入睡。我害怕……"

老妈在床沿边坐下。后来，看到儿子快睡着了，她脱了鞋，躺在儿子身边，用大披肩盖上双脚，几分钟后，她也进入梦乡了。

两封信

（献给约翰·B.艾略特）

这是两个男子最近写的信：一位是智利人，名叫海梅·马丁内斯；一位是英国人，名叫约翰·达德菲尔特。

二人是同学，相识于圣地亚哥一所学校的少儿班，后来一直同班到中学毕业。但他们始终没成为朋友。只能如此，因为二人兴趣和个性从一开始就泾渭分明。但智利人海梅经常给那个英国人约翰带三明治，因为约翰住校，如同所有的住宿生一样，他也经常挨饿。这就是二人关系变得越来越亲密的原因。在一次校内举办的拳击赛上，约翰和海梅身不由己地相遇了。平时，海梅的拳头缺乏自信，但同学们的助威声在刹那间点燃了他的激情，他把对手打得鼻子出血了。但比赛最终的胜者是英国人。这并不奇怪，人人都知道约翰天生就是个体育健将，而海梅特别喜欢聊天和读书。后来，智利人继续给英国人带三明治。

高三毕业考试，二人都马马虎虎通过了，大伙办了一桌毕业晚餐。席间，频频举杯，觥筹交错，热情洋溢；在老交情的基础上，新发现的男子气概的烈焰锻造出新的忠诚。约翰很快要离开智利了。他父亲是一家大公司在几个国家的代表，每隔几年就变更住址，因为受公司的派遣，要四处活动，居无定所就很自然了。全家遵照最高指示前往南非的开普敦。饭后，二人往事回忆完了，又唱了歌，互相留下了住址，承诺通信。

果然如此，十年来，书信往来偶尔为之。有一段时间，约翰住在父母身边，在开普敦。可他天生好动。他穿越南非大草原和原始森林，顺访罗得西亚，独自一人去寻找财富，最后定居在肯尼亚，还结了婚，买了土地，余生在那里度过，附近是密林里传出的兽吼鸟鸣。他守护着那几英亩玉米地，欣赏着自己的子女如何跟树木和当地土著一起长高，分享像他一样的理念和偏见。

而智利人海梅则留在自己的祖国没动。随着时间的流逝，他发现自己逐渐远离了所有中学时的朋友，可并没有交上新友，落得孤身一人了。可更具有讽刺意味的是，他倒一直在与约翰通信，虽然每封信之间拉得很长。

海梅学的是法律，作为智利律师，他过得四平八稳，生活有种种保险系数。他一当上律师就与众不同。他总是身穿黑色西装；他的双手极富表现力，符合他的社会地位，总是修剪得干净整齐。那位肯尼亚种植园主问候的信一年一次，有时两次，漂洋过海，里面有中学时代幽默的回忆，有二人多年来生活变化的消息，有关于圣地亚哥市在读书之后发生的变化。别的就没什么了。干嘛还问别的什么呢？分手多年、相隔万里，怎么好开口问秘密呢？再说从前也没有过亲密关系啊。

下面是肯尼亚种植园主约翰写给智利律师海梅的最后一封信，这时距离中学共同学习的时间已有十年左右。

亲爱的海梅·马丁内斯：

这是对你几个月前来信的回复，利用我小病卧床数日得到的休息时间。此前没给你写信，因为你知道一个肯尼亚种植园主的活计可不好干，不像智利律师来钱容易。

有一天发生了一件怪事。我想正因为这事我才想起来给你写信。那天下午,我和我老婆出门去看动物。到了养猪场,我俩看见一头白毛猪,它好像在看晚霞,神情极为悲伤,这是其他猪所没有的事。我老婆一句话让我大吃一惊。她说:"约翰,你瞧,那头猪好像来了灵感。"你想想吧:这是什么意思啊?你还记得那头"灵感猪"吗?估计你忘了。就是咱们有一学期来了一位剑桥大学的老师,就是那位金发胖子,想起来了没有?他给咱们朗诵什么颂歌,赞美智利的晚霞。在他来到的第二天,我们住校生弄湿了他床上的被子,声称这是一种传统的欢迎仪式。他看出来我们在扯谎,可他为了博得我们好感,没有告发我们。他在咱们学校待的时间很短。这位可怜的老师感到惆怅,想念祖国,最后只好回英国去了。那时候他大约二十五岁,比咱们现在小得多。

我不理解他怎么会想念英国。当然了,我离开英国时太小,全家在去智利之前,在牙买加逗留了几年,所以我无法判断。但是,后来我退伍的时候(因作战时腿部受伤,每过几个月就疼痛一番,至今如此),出于好奇而不是兴趣,我想去英国走走。我发现英国的一切都脏、乱、拥挤而又破旧不堪,气候让人难以忍受。我患上了幽闭恐惧症,便急急忙忙返回了肯尼亚。奇怪的是,我父母也发生过类似的事:见到了'灵感猪'。我父亲几年前从公司里退休了,他在金斯敦(牙买加首都)、瓦尔帕莱索(智利港口)和开普敦(南非港口)做过公司代表。他在这里的地位非常优越。人人都尊敬这两位老人,他们有绝佳的社交圈子,还有一幢面向大海的住宅,地点在开普敦的高级住宅区。可父母不愿意颐养天年,退休后非要在约克郡的一个小镇上买个农舍,因为他们是在那里出生相识和结婚的。如今,他俩幸福地住在那里,好像从来没离开过。我熟悉那个小镇,因为亲戚们听说我退伍后,曾邀请我回老家度假。真想不到小镇是那么难看！村里人都很穷，我的亲戚们也不例外。我没法跟这些又土气又俗气的人生活在一起，也没法住在那个肮脏破旧的小镇上，那里有座矿山，周围全是发臭的工厂。我就不明白了：这对老人怎么会生活得愉快呢？

我不知道是否因为自己有病，可昨天夜里我反复地在想：我到了像父亲那样退休的年龄会不会知道自己该向哪里去呢？我离开欧洲的时候，年龄很小，所以现在觉得对欧洲没有感情。金斯敦不在这个考虑范围内，我只记得有个黑妈妈照看我，其余的一切都模糊了。如果我住在智利，也会不知该如何是好，肯定会觉得不合适，因为我所有的朋友都各奔东西了。另外，我老婆是肯尼亚人，想想遥远的美洲都会让她害怕。或许南非的开普敦是个解决的办法：在海边买房，加入俱乐部交几个朋友，那里的威士忌也不贵。

总之，今年我刚三十岁，还没到认真考虑这事的时候。我认为不管怎样，假如到了那种情况下，我会结束自己的生活，就在这里，在种植园里，在这套我亲手盖起来的房子里，如今我对房子做了重大修补。看看这房子让人多么高兴！我老婆管花园和菜园。不过，我得跟你说实话：果子结得不多（果树新栽不久），因为我两个孩子——帕特和约翰——像本地人那样爬到树上吃青果子。瞧瞧他俩会消化不良的！

好啦，我写得太长了，可又没说什么。如果你想起什么时候来这里徒步旅游（我又说了过去的老笑话），这里就是你的家。请给我写信！我今年一定要有你的消息，还有智利的情况。

约翰·达德菲尔特

这封信一直没到达收信人手里。不知怎的，它被投错了邮局，一个住在古巴圣地亚哥智利大街上的什么海梅·马丁内斯收到了它。这位古巴黑白混血儿打开了信，莫名其妙地看了一遍。他一发现信不是给他的，就连忙封好信，打算再寄给信上说的智利律师。可是赶上那几天他老婆要生第九个儿子，没等黑白混血儿想起来邮寄之前，那封信就不知被丢到什么杂物里去了。等他想起此事，已经找不到了。他决定不再操心那封信，因为信中没有半点要紧事。这是一封根本用不着回的信嘛。

事实是约翰已经不再给海梅写信了。数年过去了，这位肯尼亚种植园主在自己土地上生活得十分宁静。工作和斗争都十分艰苦，但是还有回报。他额头上的皱纹日复一日地加深，这是日晒的结果；眼睛日复一日地在褪色，双手越发地黑红。偶尔，间隔很长时间之后，他会对没收到智利的消息而奇怪。然而时间长了也就不觉得奇怪了。若干年后，约翰、他妻子和几个子女被毛毛族[1]杀害了，住宅和粮食被付之一炬，大火照亮了非洲明亮的夜空。

海梅写出的最后一封信，日期与约翰写的那封信差不多。这位智利律师最近出版了一部关于某位祖先的历史传记，这位先人曾在祖国独立的奠基事业上小有贡献。这部著作在精英圈子里小有成功：语言公正平和，追忆历史而不带伤感。这本书里似乎重视一切有历史尊严的人物。可只有他自己知道，而且不十分清楚的是，那些历史根源把他给迷住了，但这种痴迷并不坚定。他的职业和生活方式都不是自己找的，而是别人安排好的，因此他总是觉得惴惴不安和不满。

一个冬天的夜晚，寒风敲打着门窗，喝过热茶之后，他不知道怎么搞的，便拿起笔来，写出了下面给肯尼亚的约翰的信。他将近

① 肯尼亚土著民族，曾发起过反对英国殖民者的武装斗争运动。

有一年的时间没给约翰写信了，也有很长时间没收到约翰的消息：

亲爱的约翰：

我不知道为什么今晚要给你写信。有可能是因为很久以来没事可说。你大概会对我这封信一开始的惆怅语气感到奇怪吧。但是，别担心！我不会因诈骗坐牢，也不会自杀，也不会生病。恰恰相反，我平安无事，一切如意。

或许因为这个才给你写信。如果你感兴趣的话，我可以告诉你：我在我这一行里仍然很出色，腰包总是鼓鼓的。我刚三十岁，可以肯定的是用不了几年，我就会成为智利的大律师之一。但是，我一旦对某人保证要做大律师，就觉得有必要喝一口威士忌，为的是不怀疑实际上值得这么做。对，值得这么做（我又干了一大口）。我相信，你看到这里一定会笑我；有道理啊，你已经解决了你那些外部的大问题。不过，等一下，别笑！恰恰是因为你我大不相同，恰恰是因为你我相距万里之遥，恰恰是因为我看不到你嘲笑时的表情，所以我才给你写这封信。但实际上，我不晓得自己在给你讲什么。可能什么也没说。

当然啦，什么也没说。可什么也没说，就是‘尽在不言中’啦。你偶尔还想想学校吗？我估计你从来不想。或者，就算你想了，大概也是把学校想像成一个大城市的俱乐部，里面样样都大，漂亮，舒适。可说得对，因为你用不着继续奋斗了，而我则要与身后的冷嘲热讽斗争。我可真想念学校。尤其是现在，眼下我特别想念学校，近来常常想念学校。你还记得中学最后的几年吗？那时咱们经常去那种大家都保证很早就已熟悉的地方？你还记得考试前夕咱们去一醉方休的冒险活动吗？你记得有一次杜瓦尔告诉咱们他要请一个美人参加一年一度的学校游艺会吗？后来，美人果然露面了，杜瓦尔得意洋洋，其实他挽着的是自己梳辫子的表姐。这位杜瓦尔的姐姐早已经结婚，生有四子。

不知道为什么你给我留下的印象总是挥之不去：我眼前出现你骑在墙头上看会不会有女生经过的情景，街角有个女子中学。有一次，那是高三的时候，我那时特别要好的朋友洛萨诺和贝尼斯特给女校一个女生写了一封情书，内容相当放肆。那女生名叫奥尔加·马里诺。有一次咱们看见她走过去，你说，她是你一辈子见过的最引人注目的女郎。她个子不高，头发又黑又亮。虽然我跟她只说过两三次话，可我非常爱她。但我一直没有跟她说什么。而这种爱，如同我许多的恋爱故事一样，很快就完蛋了。如今我常见到她，因为她的丈夫就是我要经常碰面的同事。要是你再见到她，会觉得她大变样了。在我们这个世界角落的国度里，她以文雅美丽闻名。但如今她判若两人。十多年前，她让我爱得发疯(有一个月)的一切已经荡然无存了。理所应当如此啊。但依然令人难以忍受。其实咱们人人如此，只是当年十分在意的人们互相认不出来而已。你认为，我将来也会变得面貌不同，根本认不出来了吗？奥尔加本身并不重要，我之所以提到她，仅仅因为你见过她一次。这事无关紧要，因为，当然了，我这一辈子还爱过很多人。可后来这些情人也没有占据我的心头。我转身而去，不让她们控制我。我的恶习、发财的欲望、我的朋友也都控制不了我。我忽然想到，我所做的一切，都无关紧要。我想原因就是健忘。可我不愿意遗忘啊！我从来不接受过去生活的一点东西、爱和恨的人、事、地方都会失去意义，一切都会烟消云散啊！可一切都失去了意义。这表明我的本事就只能抓事物的表面。

啊，对了，我记得你打过仗。你给我讲过那个被破坏的世界是多么令人恶心。我那时庆幸自己活在智利，活在这个笼子里，远离那人类悲惨的经历。我天天看报，详细了解情况，关心战斗的轰鸣声。可是就连战争也没有打动我。为什么呀？也许你知道答案。

读这封信时，别笑得厉害！另外，我求你：别用同样的口气回信！给我写信时，请装作没收到我的这些文字。

海梅·马丁内斯

当海梅重读自己的信时，发现他自己写信时的这些问题已经在相当大程度上冷却下来了。他觉得这封信缺乏条理。多愁善感，文学味十足，部分地反映了他的生活，他仔细地审视这种生活，觉得它对自己的前途并没有多大的影响。他把信撕掉了，扔进了废纸篓，打算重写一封短信。他还想起约翰是个感情有些迟钝的人，就不想用谬误的推理说服他了。

几年过去了，这位智利律师没再给那位肯尼亚的种植园主写信。海梅仿佛因为那封写了又撕掉的信而羞愧，就一再拖延给非洲写信的时间。他很快达到了事业的顶峰，再也没时间想起对约翰的文字债了。

光阴荏苒，转瞬就是几年过去了，海梅只是偶尔在自己安静的书房里或者律师俱乐部里翻翻报纸，间或看到什么文章里有肯尼亚的名字。于是，在不到半秒的时间里，他心里“咯噔”一下，他想到那位过去从来不是、今后也不可能是朋友的朋友了。但仅仅想了半秒而已。有人刚刚给他送来了热茶，在偶尔提到肯尼亚的这篇文章中阐述的铜问题，完全把他给吸引住了。在这半秒钟之后，又过去了若干年，两三年，或者三四年，海梅再也没想起约翰。他不知道很久以前非洲风暴早就把约翰的骨灰吹散到世界各处的天空中去了。

丹麦货栈

那天下午，干完活，会计堂加斯帕尔说他口渴。我就轻信了，因为在麦哲伦[1]一座庄园的偏僻地方，任何打破这令人厌烦的单调节奏之借口都是一种福音，哪怕这种借口本身都已变得习以为常了。我和堂加斯帕尔习惯于周六周日去丹麦货栈，可那时候口渴实在太平常了，我们无需拿它当借口就可以去喝嘛。那些日子经常有三四十匹马拴在货栈的车辕上；货栈里面充满烟气、喧哗和吵嘴声，孔塞普西翁太太和丽莎静静地换下桌上的空酒瓶和燃尽的蜡烛。可是，除去星期六和礼拜天，堂加斯帕尔平时干活的时候也常常口渴，对此可以归咎于其少见的脾气。这一次，除去口渴，我提出辞别的必要性(我必须在一周内离开，永远离开)；而堂加斯帕尔口渴的理由是打算祝贺丽莎即将结婚。

下午五点，我们给马备鞍，出发，沿着通向丹麦货栈的车辙飞奔而去。到货栈前，天还是亮的，因为夏季的暮色要在十点钟才悄悄出现。我心里盘算，既然是最后一次走这条路，那么应该仔细看看一切，以便将来在别的时间和地点可以回忆起来。可实在没什么可看的。我们仿佛原地未动，周围的风景是如此单调乏味，如果可以用“风景”二字形容这空空荡荡的大草原，这寒风刺骨的环境，

---

① 智利南部的港口城市。

那我们尽管放马驰骋，却觉得仍然留在这“风景”的中心。变化的只有天空。风吹云动，投下前前后后的阴影，而太阳不急不忙地在无垠的苍穹上走着自己的路。

忽然，地平线上出现了一个黑点。远远望去，这黑点好像落到了地球边缘之上，随后看见黑点越来越大。看见这黑点，我们又有了回归时间和巨大空间的感觉。接着，一看见货栈的铁皮水槽，突兀地立在光秃秃的大草原上，我们便怦然心动，那是高兴，是安宁的感觉，因为我们确信货栈里一定会有暖气和酒，会有与我们整天在一起干活的工友。再说，那里有两位女士啊：孔塞普西翁太太和丽莎姑娘。前者是货栈女老板，壮实，满脸堆满笑容；后者是她的女儿，瘦瘦的像个影子。

由于不是周末，马厩里只有五六匹马。我们把坐骑拴在马群的旁边。我看看西方地平线上的红日，估计了一下我俩在货栈能逗留多少时间，同时我把冰凉的双手放在马鼻子下，以它喷出的热气取暖。

孔塞普西翁太太出来迎接我俩，她露出十分惊喜的样子。无论是谁总可以听到她亲切的话语，见到她愉快的表情。当然，因为她有儿女，有自己的货栈——肯定为她挣了大钱：她样样收费过高，这不奇怪，因为她要在几年的时间里把债务还清。尽管收费过高，但我想我俩去丹麦货栈的主要原因就是为亲近孔塞普西翁太太。如果不算上丽莎，她差不多就是本地区唯一的女性了。她虽然上了年纪，人又肥胖，却能让我们想起整个欢乐的世界。她是个寡妇，因此她总是穿一身黑衣；她松弛、发白的面部肌肉常常由于剧烈的大笑而错位，雪白的赘肉需要几分钟的时间才能恢复浓妆粉饰的眼睛、肥厚的嘴唇和小巧的鼻子之间的平衡。孔塞普西翁太太一面把我俩领到火炉旁的桌子边，一面招呼丽莎来为我俩服务。

姑娘毫无热情地照办了。

孔塞普西翁太太一听说我准备辞职远行，便露出伤心的样子。

她笑着高声道："那我可多孤单啊！"

她把酒杯放到桌子上时，一只手异常地哆嗦着。我注意到她的黑发乱蓬蓬的，这情况在她身上可不常见。我看看堂加斯帕尔：会不会他也看到了同样的情形呢。可这小老头避开了我的视线，好像有些不好意思。他喝下第一口酒的时候，青筋暴露，饱经风吹的喉头发出声响。

"那我可多孤单啊！"孔塞普西翁太太又说了一遍，声音低了许多。

我想她这句话也涉及女儿的婚事。据说，明天丽莎要去蓬塔阿雷纳斯①结婚。随后，孔塞普西翁太太起身，迈着摇晃的步伐，消失在厨房的门后。

我大着胆子说道："今天孔塞普西翁太太的样子有点奇怪……"

堂加斯帕尔没有吭声。他喝酒的方式让人感到好奇。小小的腰板挺得笔直。汗毛浓密的双手撑住桌沿，只有斟酒和举杯时才抽回来。但是，现在他极度痛苦，手指乱动。片刻之后，他嘀嘀咕咕地说：

"丽莎这么一走，这里就太冷清啦……"

的确，这天晚上货栈里只有寥寥数人。一张桌子旁边，三个男人围着蜡烛静静地玩牌。另外一张桌子旁边，一个男子向后仰坐，椅子几乎触及墙壁，他独自小酌，低声哼唱，不时地望望玻璃上的余光；也许他在倾听风声：穿过大草原，呼啸着钻进房子的角落。

① 智利南部港口城市。

我悄悄提醒：“咱们是不是应该去问候一声那个外国佬达令。瞧，他在那边呢……”

堂加斯帕尔一看见那个苏格兰人高高的驼背的身影跟在丽莎身后在餐桌之间乱转，就耸耸肩膀。丽莎给我们送酒的时候哭哭啼啼的。堂加斯帕尔问她：

“小姑娘，你怎么啦？”

“没事……不过是又一个针眼罢了。”

会计几乎没有脸盘。小鼻子，小脸，上下都小，包括眼睛和嘴巴。头发只剩下寥寥不多的几根毛了。

丽莎正要走开的时候，堂加斯帕尔一把攥住了她的手腕。她吓了一跳，惊慌地望着他。接着，她哭了起来。外国佬一瘸一拐地走过来，搂住了她的肩膀。

“她纯粹是出于嫉妒才告诉他的！”姑娘喊道。“为的就是不让我结婚。我才不管呢，我偏要结婚！我敢打赌就连您都跟那个老脏货上过床……”

“可，丽莎，这有什么关系！”外国佬结结巴巴地说道。“你还没出生呢，我就知道这些事情……”

丽莎用围裙角擦了擦眼睛，一面抽着鼻子一面到另外一桌服务。那外国佬跟在她身后，保持着一定的距离。

老会计嘟囔了一句：“早该发生的事发生了。”

“可干嘛又哭又骂的？还不如去死呢！”

“因为孔塞普西翁太太不甘心嘛。这里的人一觉得孤单就会变得凶狠。”

“可是怎么啦？我从来没见过丽莎会这样，更别说是孔塞普西翁太太了。她俩钓上了外国佬应当高兴嘛，到最后让外国佬当管理员啊。我不明白……”

“您当然不明白！我在本地这么多年了，还不明白呢！将来您会懂得的……比如孔塞普西翁太太吧，我不了解她。而我从北方到这座庄园的第二年就认识她了，距离现在三十多年啦！

“我从奇洛埃来这里试试运气，来工作两年，准备挣满钱包回老家，那时候我可是成年人了。可是跟很多人一样，我一留再留，直到今天还在这里。

“起初，我花了好大力气适应这里的环境，承受着孤独和寒冷的折磨，卖命干活为的是挣几个没处花的比索……可也没能攒下钱来。另外，更严重的是会计没权利与东家和管家平等交往，也不能跟羊倌平起平坐。我心灰意冷，想回北方，只要不是此地，去哪里都行。

“可是有个礼拜天，我溜达到了这个货栈，想借酒浇愁。那时候，货栈的老板是个丹麦人，年龄、身高都跟我差不多，他跑遍了全世界，因为他做过海员。他像我一样，也是独身；他很谨慎，能大碗喝酒，我俩聊着天喝着酒就交上了朋友。从那以后，我的生活变了样，因为全部空闲的时间我都在货栈里消磨。另外，我开了一个账户，我想一直没回北方的原因之一就是我没完没了地交酒钱。

“人们看见我跟那丹麦人在一起都觉得好笑，因为我是个善良的奇洛埃人，长得又矮又黑。可是看看那个大块头吧！他身材高大，一头金发，站在光秃秃的草原上，夕阳给他留下一个很长、很长的身影。他力大无穷——刚一来这里就露出了本事，一巴掌把个醉鬼打得满脸开花；他嗓门洪亮，一声怒吼，能震聋你的耳朵。大家都怕他，尤其是他生气的时候，这种情况不多。他一生气，就用没人能懂的话发号施令，因为谁也不明白他说什么，不知道该怎么办，他就更加生气，甚至掏出手枪来。但他是个爱笑的丹麦人，没坏心眼，跟小孩子一样。因此，大家对他又敬又爱。他在货栈服务周到，从不缺货。另外，他会做几道极美的怪菜。他不乱花钱，从不进城，路况不好的情况下，那时得走上一天才到。

“后来，一个夏天的下午（那时我俩的交情有两年多了），我发现他情绪反常。那是个礼拜天，所以货栈里的人很多。可他不接待客人，因为他花钱雇了三个小伙子替他干活。他那天头发梳得光亮，穿上了硬领衬衫，打了领带。他从一个房间走到另外一间，神情不安，什么也不做，东瞅瞅，西望望，一会儿找这个说几句，一会儿找那个聊一下。黄昏近了，他看看怀表，向我提出到马棚那儿坐坐，抽口烟。他所有这些表现都不寻常，同样不寻常的是货栈里每个小房间都收拾得极其整齐，弄得货栈像个旅馆。可我什么也不问。相反我说起别的事情。与此同时，丹麦人的蓝眼睛静静地盯着大草原。

“‘她们来啦……’终于，他喊了一声，满脸光彩。

“‘谁呀？’我问。

“他指指地平线上的一个黑点。渐渐地，黑点越来越大，结果是辆汽车。我又问了一次。可他不想回答。车在货栈门前停了下来，从车上走下来五个女人。

“那个时期村镇太偏僻了，成群结队的妓女就常常光顾庄园，下榻在独立的货栈里。那些女人多数又老又丑，可对我们这些几年没碰女人的男人来说，她们身上的一切就都妙不可言啦。我们在沙漠里渴得要命，而这里就是绿洲甘泉。哪怕甘泉里有泥，至少也是真正的水啊。她们通常留下两三天，二十四小时里‘忙’个不停。然后她们返回城镇，带走了我们全部的积蓄，可她们比来的时候憔悴多了。

“在货栈里，羊倌们一听见女人们的声音都连忙跑出来迎接。她们看见这三四十个浑身酒气、胡子拉碴、准备马上占有她们肉体的臭男人，都显得无动于衷。五个女人里，有四个是干这皮肉生意的大路货。但第五个身材高挑的黑发姑娘，依然秀色可餐，她宽脸盘，丰乳肥臀。我们觉得真是尤物中的上品。

“丹麦鬼子把五个娘们分别安置在小房间之后，立刻与黑发姑娘上床云雨起来。与此同时，羊倌们排队‘照顾’其余四人的生意。每个男人占二十分钟或者半个小时，然后轮到下一个。我们都想上黑发姑娘的床，可是丹麦鬼子跟她一口气干了四个小时。我们等得不耐烦了，连连敲打他的房门，不停地叫喊‘快点！’‘好啦！好啦！’‘真是个不要脸的洋鬼子。’终于，他出来了，一脸严肃的样子，头发梳得整整齐齐的，最后用钥匙把门锁上了。他说，黑发姑娘只能他一个人上。我们这些排队等着上黑发姑娘的人们都气坏了，可不得不忍气吞声地找那另外四个女人发泄。

“五个女人在货栈里的那几天，简直就是天下大乱。由于这消息像烈火点干柴一样迅速传遍了这个地区，四面八方赶来的人群排成了长龙。羊倌们争论着五个里面谁最好，纷纷向没有见过她们的男人提供情况和建议。有时，需要动用武力把屋里的男人拉出来。货栈来了上百个羊倌，争先恐后地都要上床，他们喝得烂醉，偷酒，砸玻璃，摔杯子。但丹麦鬼子脸上挂着平静的微笑。他对周围发生的一切都无动于衷。他的几声怒吼就重建了暂时的秩序。

“这样的情形持续了两天之久，丹麦鬼子就是不开黑发姑娘的房门，她也不出来。有时，他给她送饭。如果他看到大家的情绪还算平和，就钻进小屋子里干上一个钟头，然后再出来，头发梳理得整整齐齐，招呼客人。我不知道他什么时候睡觉，因为这里日夜都是激动不安的气氛。货栈内有女人的气味。其余的人，比如像我，甘冒丢了工作的风险也不肯离去，我们随便睡在什么地方，想睡就睡，桌子底下，厨房里面，马厩旁边，或者干脆在野外露宿。

“日子一天天过去了，我喝醉的次数越来越多，到了第三天夜里，头脑就完全麻木了。别的人好像已经忘记了还有个黑发姑娘。可我没忘。我狂怒得像头野兽，大骂丹麦鬼子。可他对我的咒骂只是微微一笑，接着就挥手去照顾需要他的客人去了。

“有个羊倌也醉了，我说服他：这种情况再也不能继续下去了。我俩走出货栈，牵了一匹马来到黑发姑娘住的屋子玻璃窗前，黑暗中我爬上了窗台，用拳头砸碎了玻璃，一下子扑到姑娘睡觉的床上。我的朋友也紧随我的后面破窗而入。我俩撞翻了煤油灯，火焰点燃了被褥和衣裳。与此同时，我俩争着要占有姑娘。她吓得连连尖叫。屋外，掀起了一片吵闹和叫嚷声。丹麦鬼子闻声而至，后面跟着几个羊倌，他们涌进小屋，床上的火焰把室内照得通明，我俩还在床上跟姑娘肉搏呢。众人提着水桶灭火，也把我们分离开来，好像分开了狂吠的狗群。

“因为我醉了，他们大概就把我扔到了什么角落睡下了。第二天早晨，我一早就醒了。羊倌有的走了，有的准备离开。五个女人已经坐到了汽车上。丹麦鬼子细心地打扮了一番，收拾好行李，关闭了货栈，跟五个女人一道乘车出发了。

“第二天，他回来了，黑发姑娘陪伴着。原来他和她在蓬塔阿雷纳斯办了婚事。她就是孔塞普西翁太太，从那以后，人们就这样招呼她了。她和丈夫一道经营货栈。一开始，我们纷纷打赌谁会是第一个跟她上床的人呢？可她厉声警告说，她要告诉她丈夫，这样就打破了所有人的如意算盘。

“我爱上她了，真的爱上她了！我不顾一切随时随地跟在她的身后。可她好像根本没看见我一样。我整天跟着货栈老板。他就威胁我：不准再进门，还通过司法部门讨回了我一年来的欠款。

“一天夜里，我发现孔塞普西翁一个人在货栈外面，就走到她身边准备强暴她。就在那里她拒绝了我。

“我说：‘既然是婊子还装什么假正经……’

“她冲我喊道，若是我敢碰她，就叫丈夫把我踢死。我羞愧难当，准备回货栈。可她的声音在黑暗中拦住了我。

“‘加斯帕尔，别这样对待我啊……’

“那是我从未见过的忧伤表情。她抹了睫毛膏的大眼睛在黑暗中发亮。这时，我们生活中某种真实的东西冲破了我的良知，内心深处有什么东西破碎了。

“我跑到货栈门口，一进门就狂喊：

“‘丹麦人，丹麦人，跟我喝一杯，你这个讨厌的洋鬼子……’

“我拥抱了他，他那么高大，我那么矮小，要是有人看见我俩拥抱的样子，一定会觉得非常滑稽。无论如何，我想他明白了这拥抱意味着什么，因为我从来没见他像这样笑过。我可以发誓，我这一辈子从来没和什么人有过这样亲密的接触，能与那天夜里我与丹麦人的接触相比。

“渐渐地在这个地区人们忘记了孔塞普西翁的出身。货栈的气氛也从来没有那么令人愉快过。货栈里总是干干净净，总有好饭菜，床铺总是整整齐齐，无论下雪还是喝醉了，我们都可以在那里过夜。那个丹麦老外也不大喝酒了，因为他老婆常说：

“‘我屋子里的酒臭气总是给我带来不愉快的回忆……’

“面对老婆不让进屋的威胁，丹麦人慢慢戒酒了。

“孔塞普西翁对丹麦人来说是贤妻；对我来说是益友。几年以后，我结了婚。我老婆为人严肃，是个天主教徒，跟货栈老板娘成了好朋友。我从来没跟我媳妇说老板娘是怎么来货栈的，孔塞普西翁非常感激我，因为我媳妇受过高等教育，她出身名门，对孔塞普西翁来说，这样的友谊让她非常自豪。五年后，丽莎出生了；十年后丹麦人去世了，死于不知名的瘟疫。”

我和老会计沉默了好大一会工夫。似乎大草原的全部寂静都转移到货栈里来了。那三个男人还在玩牌。那个独自喝闷酒的家伙已经在屋角睡着了。只有丽莎来来回回穿梭于餐桌之间，撤掉空酒瓶，扫除地上的泥印，送上菜花汤。后来，孔塞普西翁太太颤颤巍巍地来到我俩的身边。堂加斯帕尔帮她落座。

她叹息道：“我可要孤单一人啦……”

我俩没有接话。

她望着我说：“您要走啦！”那眼睛依然闪烁着堂加斯帕尔那天夜里看到的沉重神情。“丽莎要离开我去蓬塔阿雷纳斯跟外国佬达令结婚啦……”

“不是说她找过别的对象吗？”我没话找话地问道。

“啊，这早结束了。这丫头不知道怎么了，现在对爱情不感兴趣了。真是奇怪。她一心想的就是离开这里。那个外国佬要离开苏阿莱斯家，不当总管，要去一座小庄园，就在蓬塔阿雷纳斯市附近。据说，他有几间漂亮的房子……”

她喝了一口酒，问我们：“你俩认识那个外国佬达令吗？”

“不熟。”我说。

“就是不久前在这里转悠的瘦干猴，那个喝醉了也不笑的家伙。他唯一喜欢的事就是在这一带的小河里钓鱼。以前，他来过这里，可他太老、太丑了，我根本想不到他会追求我的女儿。这些外国鬼子都非常狡猾。你怎么能知道他整天在这里钓鱼打算做什么？”

她又喝了一口。堂加斯帕尔做手势要拦住她。可她打断了他的手势。

“我不否认两人结婚是好事。”她继续说道。“那老外有钱。丽莎能当上总管太太，这是她的希望。可是加斯帕尔，知道吗？那老外让我恶心，尤其是那双干手，整年冷冰冰的，还有那走路一瘸一拐的样子。丽莎也让我恶心。你们会以为我是傻瓜。我更愿意她跟那个马林村的疯子结婚，他追过丽莎，虽然爱喝酒，也有点爱吵架。可她犯傻，一点也不想他。后来，那疯子到北方去了。如今会怎么样呢？仍然像过去一样有活力。记得他那大嗓门吗？天啊，简直像打雷！能让你浑身哆嗦，就跟那丹麦人的声音一模一样……让丹麦人安息吧！”

她唠叨了好长时间，抱怨女儿、外国佬，回忆往事，直到声音越来越模糊，话语越来越不连贯。后来，她双臂撑在桌子上，抱住头睡着了。

外国佬达令来了。他轻轻摸摸孔塞普西翁的脑袋，好像怕吵醒她似的慢慢说道：“真可怜，她醉了……我去叫丽莎。”

丽莎叫醒了母亲，让达令扶老太太去房间，然后她也去。她一面擦桌子一面不抬头地说：

“反正我要结婚，让她瞧瞧，让她一个人留在这里吧……”

“可是万一达令知道了……”堂加斯帕尔沮丧地喊道。

她愤怒地抬起头，生气地注视着老会计，说道：

“您懂什么！没看见如今世道不能再是老样子了吗？”

该动身了。我俩祝丽莎幸福。她却无动于衷。我俩上了马，没转身和姑娘道别，可她送我们到了大门口。

夜空晴朗。风“呜呜”地刮着，仿佛在荒凉的大草原上寻觅着什么可以纠缠的东西，一面清扫着星空。片刻后，丹麦货栈的影子模糊了，随后它的灯也消失了。由于风大，地上有冰，我俩宁可慢走也不放马飞奔。就这样在寂静中走了好几个小时，我们心里明白：黎明前到不了庄园。

路上，我听见堂加斯帕尔在黑暗中自言自语地说：

“可我从来也没见她喝醉过啊……”

这话好像是说一切，包括最崇高和美好的东西，都永远结束了。

查尔斯顿舞

有时候，我想，要是你没朋友一块玩、不能时不时地喝个小酒，那生活就太惨了。

但生活中常有怪事，让人弄不明白。不久前，我有两个星期不想找我的哥们儿海梅和麦莫，而他俩也不愿意找我，他俩之间也不来往。我不知道这是为什么。有些事情是说不清楚的。那些日子我过得很苦。连打开收音机听听南美足球冠军赛的兴趣都没有。隔壁的房间里，每进一个球，我的弟弟们就一阵尖叫，可我却无动于衷，就因为我不是跟海梅和麦莫在一起，我们不能好好喝杯葡萄酒庆祝庆祝。

我们有十三天，差不多有两个星期没有碰面了。奇怪的是，我们并没有打架、争吵，也没有相互约定不再见面。我们就是不想在一起了。这里面好像有魔法一般，我们都住在同一个街区，经常会照面，但是在那段日子里，我们都好像被大地吞噬了一样。三人之中只要有一个人按下其他人的门铃，我们就又可以重新聚在一起，就能打破横在我们中间的沉默气氛。但还有更奇怪的事情呢：即使我们渴望能聚在一起——我无时无刻不在思念我的朋友们，哪怕是工作的时候——，我们也不会登门去找对方，好像那样的话我们会感觉恐惧……或者感到厌恶。

正如我所说，我、海梅和麦莫，我们是好朋友。我们三个是发小，因为我们一直住在同一个街区。不过，我从小就认识很多人，我们并不仅仅是因为认识而成为朋友的，至少我不是因此而成为海梅和麦莫的朋友的。因为，我认为友谊是比在大街上同某个熟人交谈更为严肃的事情，更为，该怎么说呢？……对，是更为深刻的东西。比如说，我认为彼此之间必须有共同的爱好。我们三个人都爱好足球。我不知道是否有人会认为足球是交朋友的好媒介——朋友们去看足球赛，购买介绍运动员的杂志，并发表评论，好几个星期都有话题可说。其实，生活是很丰富多彩的。如果我认识的人对比赛不感兴趣，不知道运动员的资料，也不知道球队的战技，我就会觉得他是个活死人。简直就是一个火星人，一个无法用语言沟通的人，一个对同一样事物都不感兴趣的人。我可以肯定地说，要是某人对足球比赛都不感兴趣，那他对一个光着身子的女人也不会感兴趣的。

说到了女人，我敢说，麦莫是不会想别的事情的。这可能是因为他有极好的运气。不可否认，他长得帅气，身材很好，肤色很白，黑色的头发上打着发蜡，走路的姿势非常优雅，因为他有一个弟弟在一家豪华的成衣店当裁缝，麦莫在那儿用他的名字签单。另外，我相信，他的职业和他的成功总是有些关系的：他是“美女用品”、洗发膏、香皂、润肤油等等那些女人梳洗打扮用品的推销员。这些东西是最吸引女人的。是麦莫把我和海梅带到学校和体育俱乐部的舞会上的。那里挂着用彩灯组成的花环，姑娘们同妈妈或姨妈、或哥哥一起去跳舞。但是，我和海梅并不喜欢跳舞，我们只是为了陪他才去的。我们怎么会喜欢跳舞呢？我不否认这样可以跟非常可爱的姑娘们交朋友……可是，除此之外还有什么呢？什么也没有了。那里喧闹有余，安静不足。要我说，有个男性朋友也就足够了。此外，我和海梅最喜欢的是到街上找女人。这是更容易的事情。一个人到那里之后，要上几杯酒，跟一个女人调调情……一拍即合，马上烦恼全无，然后你便感到心满意足了。况且，我还是相信，这是最省钱的事，因为要想追到一个正直的姑娘，必须一而再，再而三地请她去看电影，傍晚去喝一杯，星期六去跳舞，星期天去散步，不知不觉中你就破产了。虽说我们三个并不是没钱的穷光蛋。我们是不富裕——每人都有家人，必须拿钱养家——，不过我们也不应该抱怨，每个人都有满意而可靠的工作。我刚才说过，麦莫是个女性美容用品的推销员。尽管同他打交道的人是最不体面的，但是他相信，这种职业是可以使一个人的生活变好的。海梅是公共建筑部的职员，大家都知道这样的工作是最好的，因为这工作有许多特权；虽说薪水并不算高到夸张，但是前途是不可限量的。而我是最常缺钱花的人。因为不久之前我刚从师范学校毕业，我所任教的两所学校里课程还没设齐。不过，尽管我常常没钱花，但海梅和麦莫还是很尊重我的，因为我毕竟比他们更有学问。

在我们三个人中，海梅长得更好看一些。有时我会突然意识到，他更关心他的外表。他生得又黑又小，头发紧贴额头，小胡子虽然不太密，但是他比对他的眼珠子还要爱护。他跟他的九个兄弟一样。由于他十分羡慕麦莫，便学他一样打着发蜡，讲究穿戴。他的衣服不多，但是穿着整整齐齐，衣服十分笔挺，走起路来昂首挺胸，双手插进口袋里，看了让人忍俊不禁。我一头黄头发，身材偏胖，因为按照母亲的血统，我是南斯拉夫人的后代。我和海梅、麦莫同龄，都是二十三岁。

但是把我们三个人联系在一起的更为重要的东西是大家对酒的嗜好。不，请不要认为我们是酒鬼或者是嗜酒成瘾的人——后者只知道喝酒而不懂得娱乐。我们不知道是为了喝酒才交谈，还是为了交谈才喝酒。但是自从我们年满十五岁之后，每当我们的口袋变空，没钱去电影院看电影的时候，我们就省下钱买一升饮料，躲在哪儿喝光。后来到酒吧和类似的地方去，我们也总是形影不离。

别的事情说一千道一万，却没有任何东西能与葡萄酒相媲美的。首先，它不像烈性酒那样伤身体。我们这么喜欢葡萄酒，并非是因为它使我们感到幸福痛快，就像一个人得到百万比索或一位女传记作家爱上一个人时感到的那样，而是因为……怎么说呢？……喔，因为一个人一辈子都围绕着葡萄酒生活。笑声、朋友、女人和享用美餐、看足球赛，这些是世界上最可爱的事物；要是再加上优质葡萄酒作为点缀，那就更美了。事实上，我跟海梅和麦莫一起谈论葡萄酒、谈论喝多了发的酒疯和心里感到的痛快劲儿来，几乎比谈论女人和足球时候的话还要多。每次喝醉的时候总要发生一件什么开心的事儿，事后回想起来也总会发笑，但从来也不过多的重复：

“……不过，我们到路上那座娱乐场去的时候喝的那种酒可不是上等的……那是哪里来着？”

“你指的是我们去‘十八号’那次吗？”

“不是，那次我们是一大群人坐秦丘林的大卡车去的。我说的是夏天的那一次，只有我们三人，是坐公共汽车去的。夏天到来的很早，天气又热，肚子又空，海梅很快就头脑发热了，想扑到专卖商的女儿身上……”

“我不记得了，”海梅说，装出一副无辜的样子。“那是怎么回事？”

“那个姑娘很丑，当时汗流满面的，显得更难看了。不过你已经不知道自己姓什么了，你骗她到草地上去了。她哥哥是旁边军队后备队的大兵，这时正好回来吃午饭。我们简直吓坏了！因为他一回来就打听他妹妹去哪儿了。于是，我们赶紧请她哥哥坐在桌旁，一杯杯地让他喝酒。你们回来的时候，衣服弄得很脏，沾了一身的草，但是幸好我们已经把他灌糊涂了，他一点也没有发觉……”

回想起这一切，我们大笑了一阵。我们还回想起那次我们如何试图趁机占便宜的，但是没有成功，因为专卖商的女儿在地上滚得受了伤，并且看破了我们的意图。接着，另一个人又回忆说：

“我看见麦莫最倒霉的一次是他引诱海德埃家的露希姑娘的时候。那次我们穿戴得十分整齐，是为了庆祝你的生日去的，麦莫。你姨妈送给你一大肚瓶奇恰酒，我们谨慎地喝着……饭后，我们到海德埃家里去祝贺，但是他不愿意让我们进去，因为里面客人很多。可我们既不胆怯也没放弃，我们从一扇窗户里爬了进去，当露希看见我们的时候……”

我们就是这样讲述着，直到筋疲力尽。

是的，这就是生活。在酒吧桌子上斟满的一杯杯酒，为了不空腹喝酒而准备的热腾腾的三明治，上等的香烟，希望愉快地消磨一个时辰的朋友们……大家不停地交谈着，一轮一轮地喝着，不知不觉地过了一个又一个小时，直到凌晨两点，三点，四点。

正如我所说的，我不知道为什么竟能一口酒不喝地度过那两个星期，为什么不和海梅、麦莫在一起竟然受得了。好像我害怕看见他们，好像酒喝进嘴里会有一股马尿味或者噎在嗓子眼那里下不去似的。但是最奇怪的是，在那些日子里，我一直在回忆在我们最后一块儿出去的那个夜晚看见的一个人的一生。每当我回忆他的时候，心里就感到一阵恐惧，或者厌恶的感觉，不知道为什么……

晚饭后我们有许多次一起出去看电影。那天晚上我们都带着钱，便到市中心选了一部新上映的影片看。那部片子有一个特点：主角不是一个，而是三个，是三个大美人：洛琳·白考尔、玛丽莲·梦露和简·拉塞尔[1]。三个美人的身上都挂着一些葡萄叶，垂着一些穗子，跳着那种发疯似的查尔斯顿舞。看完电影之后，我们就顺着阿拉梅达街往回走。我们一路上经过一个个酒吧，不住地谈着话，因为我们的话题从来也不缺。那个夜晚我们谈论着刚刚看完的电影，大家分配那三个美人。经过一番讨论之后，终于达成了一致：麦莫喜欢假装贵人，他说年纪大的女人最好，因为她比年轻的更温柔，所以他挑选了洛琳·白考尔。由于我是个黄头发，就挑选了玛丽莲·梦露。海梅一向重视数量而轻视质量，也许是因为他长得矮小，所以选择了简·拉塞尔。我们都很满意，因为虽然好不容易才达成一致，但是我们没有像有的时候谈到女人的时候那样争吵。

麦莫不时地说：

“哎呀！可我怎么才能让洛琳教我跳查尔斯顿舞呢！”

我们走进一家酒吧，喝了一杯酒，走了出来。走过几条街之后，我们又进了另一家酒吧，直到光顾完所有的酒吧，等我们走到西班牙大道的时候，虽然没人敢说我们喝醉了，但是最好不要讲我们体内酒精含量的浓度。无论如何，反正我们是稍微醉了，就像星期天那样。

傻里傻气的麦莫被查尔斯顿舞曲给迷住了，他一句接一句地哼唱着，但是他的听力很差，所以唱不上几句，更不会跳，尽管他很想跳。我和海梅开始困了，因为天色已经很晚了，不过我们还是让麦莫进了最后一家酒吧，因为他完全被著名的查尔斯顿舞曲给迷住了。

“过会儿，”他一面开门让我们进去，一面说，“我叫车送你

---

① 指1953年上映的美国歌舞喜剧《绅士爱美人》。

们回去。”

我们相信了他的话，就毫不犹豫地走了进去。这是一家小酒铺，这样的酒铺在城区里有几百个。里面很窄很长。一侧是柜台，备有咖啡研磨机和黑、白啤酒的龙头，有十几张桌子，椅子是绿漆的，香蒲椅座的底部已经破烂。酒铺中央摆着一台装有彩色玻璃的电唱机，放上一张唱片，按一下电钮就能唱。

因为夜已经深了，里面只有两三位顾客了。我们坐下来要了一杯酒。伙计仿佛腿疼得要倒下似的，请老板为我们拿酒。他把几张唱片交给一个胖子之后，为我们斟了三杯红红的酒，从老远就能看得出来，那是一种辣酒。

胖子坐在一张几乎紧挨着电唱机的桌子旁边。他的脸红彤彤的，饱满的大脸盘通过肥厚的脖子连结着身体。他已经喝得酩酊大醉了，尽管是冬天，由于店里挺凉的，我们都不愿脱掉外套；胖子却满脸是汗，领口虽然已经解开了，但呼吸还是显得很吃力。我注意到，他的面孔仿佛是画的一样，轮廓十分细腻，鼻子、嘴巴和突出的眼眉，证明他小时候是个瘦子。但是，由于生活的优越，因为吃啊、喝啊、笑啊的因素，结果变成了现在这么一个脂肪球，也永远造就了他那副无法改变的微笑似的面孔。

突然，我们觉得胖子好像倒在了桌子上，原来是他弯腰伸出手去把唱片放到唱盘上去了。他的酒瓶子旁边放着一摞唱片。我们高兴地对视了一眼，因为我们都很爱听音乐，特别是免费的。我们想听音乐，就又要了一杯酒，这酒很辣，不过有取暖的功效。胖子斟满了一杯，开始放音乐之前，他一口吞进肚里。然后又斟了一杯。由于手一哆嗦，酒洒了出来。他用手掌抹了抹洒出来的酒，又在另一只手上抹了抹，最后把两只手在裤子上擦了擦。他那副脏样子，简直就像头猪。胖子真的喝醉了啊！

唱片放上了，唱针转动了，乐曲响了起来。

“查尔斯顿！”麦莫听出了舞曲，像触电似地立刻叫了起来，接着他看了看胖子，仿佛为唱片选得如此准确而向他表示敬意。

我们三个人望着他，惊奇得都停止了呼吸。

胖子坐在香蒲垫椅子上，两只闪亮的小眼睛仿佛在注视着他鼻子前面浮动的一个小点。他合着舞曲的节奏左右摇晃着他那肥胖的身躯，一面摇晃一面叫着：

“跳查尔斯顿舞吧，跳吧，跳吧！”

我们面面相觑，挪了挪椅子，想看看眼前这非同寻常的场景。这好像是为他加了油，他坐在香蒲垫的破椅子上，简直变成了一个真正的震源。他全身都在晃动，眯着双眼，面红耳赤，挥舞着双手。他的手很小，指头很短很尖，仿佛石膏圣像的手。

“跳查尔斯顿舞吧，跳吧，跳吧……”

胖子的热情十分高涨，我们也跟着用脚打着拍子，拍着巴掌。整个酒吧仿佛都在晃动中。胖子发疯地摇摆着，酒架上的瓶子和刚刚洗过的杯子也随之震动，发出“叮咚”的声响。

“查尔斯-顿，查尔斯-顿，查尔斯-顿……”我们也叫了起来。

桌子，椅子，一闪一闪的荧光灯，一切都好像在随着坐在椅子上疯狂舞蹈的胖子跳动。他的面孔像熟透的番茄一样红，流的汗水使他的额头和下巴闪着光。音乐结束了，他取出一块手帕，急匆匆地擦了一把脸，好像不愿意浪费时间。他又喝了满满的一杯酒后，用由于疲劳而变得断断续续的声音对我们说：

“你们喜欢查尔斯顿吗？这才是真正的音乐！你们真该看看当我还是个瘦子的时候跳得有多痛快……左边跺一下，右边跺一下，一、二、三……嘭嚓嚓，嘭嚓嚓……”

他把身子俯向唱片机，又放上一张唱片，查尔斯顿又开始了。

其他顾客，不过两位，都端着酒杯凑到胖子的桌边，同时用手打着拍子。看来，他们并不是因为高兴，而是因为这是当时酒吧里唯一的活动，有必要看一看，参与一下，尽管感觉又冷又困。伙计落下了金属门帘，主人也算完了账，两人也凑到胖子那边。现在他在迅速地摇摆着，手舞足蹈，脸部也在颤动，同时吩咐伙计再给他拿瓶酒来。伙计听从了，然后为他斟满了一杯酒，他一边摇晃着一边喝，酒喝了一半洒了一半。

酒吧里充满了酒的味道！麦莫站了起来，走到胖子面前说：

"喂，老兄，我非常想学查尔斯顿，你干吗不教我跳？"

胖子没有停止他疯狂的摇摆，摇了摇头说，不。唱片结束后，他一面换唱片一面干了另外一杯酒，说道：

"不……医生不准我跳舞，因为这对我的身体有害……"

但是，当音乐又响起来的时候——还是查尔斯顿——，已经成了舞迷的胖子却不能抗拒诱惑。他的内心深处产生出了一种更强大的冲动，他眯缝着双眼，仿佛处在关键时刻。他用他肥胖的手臂把麦莫拉了过去，教他跳舞。麦莫让他教，但是跳了两步又把他给甩开了，胖子独自在桌椅之间跳着，我们赶紧往后退，给他腾地方。他跳得十分轻松，姿势非常优美，动作非常熟练，随着节拍扭来扭去，我们都惊呆了。他的那双小小的脚，时而交叉，时而踏步，交叉又分开，极为灵活。一双小脚竟然能支撑住运动着的肥大身躯，简直就是个奇迹！我们大家，包括伙计和主人，都鼓掌为他加油，他的热情也感染了我们。舞曲快结束的时候，他似乎并不理会音乐和节拍，仿佛是一台摆脱了控制的发怒机器，疯狂地、急速地跳了起来，像一个无人管的疯子似的摇晃着，转动着。唱片结束了。

就在这一刻，胖子倒在了地上。

"他简直像个酒袋子！"海梅叫道，不过声音很轻，好像害怕似的。

这可不是闹着玩的事。

胖子真的像只口袋似的倒在地上了。但是我们立刻发现，他不像是人们常见的喝醉之后倒在绿色的桌椅腿之间。他是病倒了，病得很厉害，不住地呻吟，打着滚儿。突然他吐出了一口黑色的液体，是酒还是血，我不知道，因为我不愿意看它。过了一会，他似乎没有力气了，神态平静多了，可是脸上更没生气了。他像个孩子似的一声接一声呻吟的时候，大家都想安慰他。但是我发现，他那肥大的身躯里有什么东西破裂了，使他丧失了意识，使他不像是一个醉汉，更像是一具尸体。那副惨状就不必细说了。

救护车来了。医生摇了摇头，没说什么就把他抬走了。他一定是太重了，因为护理人员费了好大的劲儿才把他放到担架上抬了出去。他的情况后来我再也没有听说，也不知是死是活，不过很可能是已经死了，因为我听见他躺在酒吧的地上呻吟，看见他在地上打滚，宽而圆的脸上没有血色，真是可怕极了。

酒吧的门关了，我们三个一声不吭地都走了。我记起了麦莫说过请我们坐出租车的话，看到他不履行他的承诺，我非常气愤：他说谎骗人，说话不算数。天气很凉了，还有一阵阵的风，我心里越发感到恼火。我真想当场大声地揭露他，然后走自己的路，但是我没有开口，因为我感到痛苦，感到害怕，那样的话就没有伴儿了，只有街上的野狗在翻倒的垃圾车上寻找烂肉。我不时地回头望着，因为我好像听见后面有电车轰鸣的声音，可以乘上它更快地到家，但是声音很远。傻乎乎的海梅在打着嗝儿，使我更加感到不安了。走到我们住的街区后，我们没有彼此望一眼就分手了。也许他们对我也很恼火。

在我不跟海梅、麦莫在一起的那些日子里，胖子的形象总是在我的脑海里跳跃。每当从酒吧走过的时候，我就有一种厌恶的感觉，仿佛世界上所有的酒都有了那个夜晚充满酒吧的那种可恶的味道。就在那一刻，穿白衣服的护士们像天使似的把曾经那么快乐的可怜的胖子抬走了。虽然我无时无刻不在想念我的朋友，不跟他们在一起就感到没有意思，但是我仍然不愿意去找他们，因为我认为，天知道是为什么，那个夜晚发生的一切全怪他们。我要是再和他们在一起，我想起胖子而产生的恐惧心情——我不否认，我就是觉得害怕——一定会更加强烈，因为我们在一起后，会重新开始去喝酒，这是我不愿意的。

我们不见面的每个傍晚，似乎都使一种不知名的危险离得越来越远了，不过也使把生活变得有价值的东西离得更远了。终于有两三个傍晚，八点左右我去向一位老太太买馅饼，她在街角上燃着她的火炉烙馅饼。但是，我是为了打掩护，其实是去找海梅和麦莫。我算了一下，自打最后一次分手，已经过去了十三天了。我们去买馅饼，一起站在街上吃，好像我们昨天刚见过面，约定那天晚上去看电影。

看完电影出来后，我们谁也不想说话。我明白其中的原因。这是因为：我们在一起看了电影，如果不去喝几杯，那就意味着我们的友谊面临着破裂的危险。在这种沉默中，就像那天晚上似的，使我们疏远的恐惧心理最终变成了怨恨，会把我们的友谊永远破坏掉。

在回家的路上，我们经过了一个酒吧，但是大家都没吭声，也没有对视。我双手插进大衣兜里紧紧地攥着，我猜想他们俩也同样紧张。我们继续往前走，经过另一家酒吧时依然如故，好像酒吧并不存在似的。在到达我们住的街区之前，还有一家酒吧，是最后一家了。我知道，如果没人停下，迫使我们进去，从此以后我们三个见面的机会就会越来越少了，甚至在大街上连招呼也不会打了。这是不行的。酒吧就在前面几步之远的地方。我必须站住，请他们进去。

但是走到酒吧门前时，我们三人同时都站住了。我看了看海梅和麦莫，我猜想到他们的想法跟我一样。三人站住以后，同时大笑起来。我们知道，危险过去了。海梅说：

“进去解解渴吧，兄弟们？”

我们推门进去了。

“想喝点什么？”我假装糊涂地问。

“能喝什么呢？”麦莫笑着说。

我相信我们是对的。我们很年轻，不应该过分爱惜自己。将来，等我们变成老人，像跳查尔斯顿舞的胖子那样血压升高的时候，那时再关心自己的健康不迟。现在还不需要。

于是，我们要了三瓶最好最贵的葡萄酒。

闭 门

阿黛拉经常抱怨生活里最坏的灾难都让她赶上了：二十五岁开始守寡，生活穷困，工作只能维持最起码的尊严，有个病快快的，就是说，并非有病的，仅仅是体弱的，属于那种比正常孩子贪睡的儿子。

实际上，儿子塞巴斯蒂安一出生就特别爱睡觉。他只要脑袋一沾上妈妈精心绣制的枕头，用不了一秒钟，就睡得像天使一样了。

阿黛拉经常对办公室的同事说："可怜的孩子太乖，太安静了，不像一般的小孩，连夜里醒来他都不哭。"

阿黛拉和儿子塞巴斯蒂安住在不错的两居室里，虽然窗户开向窄窄的内院，又是在又潮湿又相当黑暗的公寓二层楼。早晨，阿黛拉上班的时候，女房东梅奇塔太太负责照看塞巴斯蒂安。但因为这孩子太安静了，所以她几乎不用操心，还因为他从来不像别的五岁孩子那样吵吵闹闹让人难以忍受。只要梅奇塔太太一开始做家务，塞巴斯蒂安就溜回自己的房间，上床睡大觉。梅奇塔太太进房看看，因为她不明白一个五岁的孩子怎么老想睡觉呢？至少应该像个正常孩子那样出去玩一玩啊……直到一天傍晚，她决定提醒阿黛拉注意孩子的毛病，她假装不懂的样子，视线不离手中的针线活，有雀斑的手指忙着编织，一边说：

"阿黛拉，天啊，这孩子可太爱睡觉了。他没什么病吧？"

阿黛拉回答得很干脆：

“他想睡就睡呗，有什么奇怪的！”

“哎，我就是说说而已……”梅奇塔太太回答道。离开的时候，她绷紧猎狗似的下巴，心里想，年轻的寡妇神经过敏，将来可别再租房子给她们。

由于梅奇塔太太的看法显得特别不安，阿黛拉不能不注意。不是因为他整天昏昏欲睡，而是他忽然觉得睡上一会儿实在是愉快，所以他才去睡的，就像有人躺在有铜栏杆的小床上或者坐在什么椅子上快乐地消磨时光一样。她这个当妈的还是不放心，常常要看看儿子睡觉的样子。那模样减轻了她的担忧，因为可以肯定的是，一个睡觉时表情如此迷人的孩子是不会有什么事的，好像那眼睑后面正在上演着快乐生活的场景。

但尽管阿黛拉极力让自己不要担心，却不由得意识到塞巴斯蒂安是个与众不同的孩子。她怎么能不感到不安呢？儿子冷漠、孤僻，似乎与周围的一切都没关系，无论什么人、什么事、无论天寒、地热，无论冬天的绵绵细雨是如何落在门廊天窗的尘土上。塞巴斯蒂安好像是月亮，只把一半展示给人间。这让母亲有点害怕。公寓的邻居们对她的儿子很友好，更多的是为了让阿黛拉高兴，不管怎么说，虽然她运气不好，还是个女人嘛。但她心里明白：她知道没人喜欢塞巴斯蒂安。痛苦让她心碎，尽管她不可能不明白大家是有点道理的，因为一个五岁的男孩整天睡觉、不喜欢做任何事情，实在是太奇怪了。他不是因为困了、累了才“睡”的，而是找个时间“就睡”，如同普通孩子“就玩球”，“就唱歌”一样。他没有同龄的朋友。他讨厌书本、杂志和电影。也不喜欢游戏。他唯一的愿望似乎就是丢下一切，上床“就睡”。

“孩子，你梦见什么啦？”

“什么梦？”

“睡着的时候没见到什么？比如，人物，故事。”

塞巴斯蒂安答话时摸摸母亲的双手。

“没有……好像没有。我不记得……”

阿黛拉听了这话不由得有些生气了。

“既然什么都没有，那干嘛老睡、老睡？”她语气生硬地质问儿子。

“因为我喜欢呗，妈妈……”

一听这话，阿黛拉真的生气了。为了养活儿子，她不得不上班，牺牲了青春年华。她年轻，有姿色，为了孩子，拒绝了办公室男同事的追求。都是为了儿子……为了儿子……为了儿子……她放弃种种欢乐和享受，换来了千万种的痛苦，可儿子却喜欢整天睡大觉。他睡觉就是因为喜欢，没别的理由。她难过的是塞巴斯蒂安从小做事就是仅仅因为喜欢；这样的习惯是一种危险的态度，几乎是不讲理的。起初，坦率地说，阿黛拉朦朦胧胧觉得是有什么神秘的理由让儿子睡觉的，好像睡梦里有宝物，虽然母子二人都不明白是什么东西，但将来可能会有用或有什么重要性。此前这朦胧的希望让她怀着些许不安的心情保持沉默。可如果涉及一种癖好，那就太丢脸了！她也有自己的癖好啊！难道也能随便放纵它吗！

塞巴斯蒂安被母亲的火气吓了一跳，他说：“好啦，妈妈，只要是你乐意，我就只有晚上才睡，行吧……”

阿黛拉的心突然停止了跳动，仿佛要跌入深井一样。她沉默不语。片刻之后，她声音低沉、缓慢地问儿子：

“那么你这是想睡就睡啦？能控制得住吗？”

“能，妈妈，我想睡就睡得着……”

看到儿子站在眼前，如此地孤苦伶仃，怪异地沉溺于无论她还是儿子都不明白的事中，他用可怜的蓝眼睛如此严肃地望着她，她觉得心中充满了爱意，不由得抱住儿子亲吻，把儿子紧紧搂在怀中。

她说：“别，别，宝贝，你愿意什么时候睡就什么时候睡吧。”

她伤心地想起塞巴斯蒂安就是他父亲活着的化身，是个美男子，对，可是不太聪明。至少不像办公室主任卡洛斯那么聪明。这个卡洛斯总是不让她安静，一会儿邀请她吃饭，一会儿甜言蜜语，虽然彬彬有礼，但显得锲而不舍。只要有点脑子的人都不会去享受一种如此苍白无趣的东西，比如不合时宜地睡觉。总而言之，到了明年，儿子一上学，再衡量他的智商就容易得多了。

上学后，塞巴斯蒂安虽然说不上是优秀生，却至少是个尽职尽责的孩子。他的性情温和、安静，令人满意，但从来没人能证明一下满意度。另外，他很客观地对待这个“满意”的问题，好像为的是大家让他安静就行，还为了不与老师和同学发生摩擦。节假日，他从来不跟朋友上街。下午放学后，孩子们浑身是土、疲惫不堪地买甜点心和分手前再小小的调皮一下的时候，塞巴斯蒂安就直接回家了，喝茶，做作业；这样他一有权利自己做主的时候，就上床睡觉，好像一分钟也不打算浪费。周六、周日，依然如此，从天黑睡到天亮，他心里明白：无论是他的表现还是分数都让母亲无话可说。

阿黛拉依然放心不下，她时不时地去儿子房间看看他睡觉的情形。在那里，过去的担心，担心和更严重、更令人不安的心情：敬畏，依然震撼着她。因为，从儿子的睡姿中，她依稀看出他在躲避着什么，是特别大、特别微妙的什么，为的是不落入他想象中的网络：一张稍嫌刻板、束缚人的网络。最令人心慌意乱的是，塞巴斯蒂安睡觉时总是面带微笑。那不是一般的笑容，不是一个梦见豪车、豪宅、有美丽母亲保护、有权有势的父亲照顾的孩子美梦。不是。大不相同。他仿佛灵魂出窍，去落脚在眼睑后面隐蔽的神奇世界里。他整个身心都在梦境里，不给母亲留下安慰的余地。她孤苦伶仃地望着儿子的睡态。那梦里……是极度的不守规矩，给人的印象是，塞巴斯蒂安的梦境自成体系，完全封闭，自给自足，无需世界上的任何人和物。至于她，当然也不需要，她是个影子，轻而易举地可以排除在任何财富之外。阿黛拉望着儿子睡觉等于是慌乱和残酷地感受她不曾经历、也不可能经历和理解的一切。而到了塞巴斯蒂安十五六岁的时候，好像他把可怜的母亲已经远远地丢在后面，远远地望着她就像一个没有意义的小黑点，片刻后就消失在路的尽头了。

那时，阿黛拉已进入四十岁，无法继续抵抗卡洛斯的关怀。他多年来始终在追求她。这是她最后的机会了，应该抓住，因为总不能在梅奇塔公寓的寒冰般的房间里继续憔悴下去吧。她跟那位仰慕者出去吃饭、散步、跳舞、看电影。有一段时间，阿黛拉为这样的生活、为这新的激情而陶醉。两个月后，卡洛斯向她求婚。她愉快地同意了，两人立刻成了爱人。她儿子在自己的房间里做那些朦胧而又不现实的美梦，与此同时，她则梦见温柔的小黑胡子的亲吻以及男子大腿温暖的接触。她不再孤独了，不再因为儿子神秘的冷漠态度而被排除于生活之外了。但逐渐地，每当做爱之后，卡洛斯的热情就下降一些，越来越不提婚事。她常常为此流泪，也许正因为这些哭闹，卡洛斯越来越不提对她的爱，甚至到了最后，二人都几乎很少见面了。显然，办公室主任的意向已经转移到另外一个对象身上去了：工程部的女秘书，二层楼下面，一位相当年轻的金发女郎，十分妖艳。这都是办公室的女同事告诉她的。

她极力安慰自己。可谁也不能说她没了尊严。可糟糕的是，她已经告诉儿子准备结婚了，说是给他带来了新爹；可现在她处境窘迫地告知儿子：生活已经粉碎了这个幻想。

阿黛拉一发觉这番机密的话并没有打动儿子，便问道："你没话可说吗？别玩那个佐料瓶！那油会弄脏衣裳的。你以为我买衣裳不花钱吗？"

她要哭，擤了擤鼻子，又说：

"我的事对你来说无关紧要。"

塞巴斯蒂安反驳说："有关系，妈妈，怎么会没关系呢？"

阿黛拉抽抽搭搭地说：

"不，不，对你来说，我无足轻重。你很自私。可我烦了，不想工作了，不愿意孤独了。我要是老了，会怎么样啊！昨天我去配眼镜，因为眼科医生说我有老花眼………"

她说到这里，开始呜咽起来了。

"妈妈，求您了，别哭了……拿着！擤擤鼻子。您工作的事我们已经谈过了：到了今年年底，我离开学校去找工作。我想动手挣钱，给您帮忙。再说，我就要十七岁了，我想做自己喜欢的事了……"

阿黛拉突然不哭了，生气地望着儿子，喊道：

"可你唯一喜欢的事就是傻睡啊！"

塞巴斯蒂安一听见这话就狠狠地盯了母亲一眼，可她好像没看见似的。她一下子停止了心跳，因为从儿子这一眼中她看到了她生活里种种不理解和抓不住的东西的反映，于是又呜咽起来了。但在哭声和抱怨声中，她还是第一次问他：总睡觉有什么意思？她想：若是现在不问，以后就没法问了，她不能永远这么孤单、乏味地活下去呀。

“怎么跟您说呢？连我自己也不明白啊。”儿子平静地说道。母亲这时已经比较冷静了，她挪挪灯罩，让柔和的光线照在儿子的脸上，而她自己则留在阴影里。“这……这……好像是天生的，这种想睡就睡的天赋。也许因为我有这个方便条件，所以这是我唯一喜欢的事。又好像别的一切都是缺乏意义的影子。可虽说如此，我一直没闹明白我这是怎么回事。对我来说，一切可能的幸福就是睡觉，这听起来可怜，荒唐，可我生下来就是要睡觉的，这对我是唯一重要的事。我有这样的感觉：入睡后我就是幸福的人，我能梦见真的东西、魔幻的东西，梦见可以照亮一切的光明世界，它不仅为我，也通过我为大家。但是，我一醒来就觉得好像有一扇门把梦境关上了，把梦境封闭起来了，不让我回忆梦的内容，那扇门不让我把梦境里的幸福带到外面的生活中来，不让这幸福接触别人生活的现实。我需要打开那扇门，因此需要多多睡觉，总是睡觉，直到推倒那扇门、直到回忆起梦境里的幸福为止。也许有一天……”

“可是，儿子，你疯啦！这事只有死人能办到……”

“不，妈妈，不是死。死人不做梦。要做梦就得活下去，所以我必须活下去。我没有把全部的生命都投入到睡觉里去，可有时我觉得应该百分之百地投入，虽然不知道门那边会碰上什么。或许我能发现：如果像别人那样死去是错误的，也许没必要知道门那边藏着什么。但没什么要紧的。听从真正的天意，这本身就证明我有道理，说明我的生活是对的。我想到了别人的生活，我可怜他们，因为他们活得没主心骨，可我有，因为他们不了解我心中的激情。假如那门后面的东西就是我想的……，如果有光明，如果有那些让人不可理解的东西，那么一旦理解就可以说明……”

第二年，塞巴斯蒂安找到了工作，母亲就不去上班了。阿黛拉老了许多。这好像是一看见塞巴斯蒂安就会让她特别疲倦似的，仿佛一想儿子就把她给榨干，让她变瘦了。她认为自己命苦，要求她做的事太多，给予她回报的太少。她跟梅奇塔太太玩牌解闷，时不时打电话给办公室的女同事，请她们讲讲办公室里发生的事情。她自己微薄的退休金，加上儿子的工资，足够母子二人的花销；她和儿子仍旧住在公寓的老房间里，在洁白的编织桌布的中央，摆放着栽种有蕨类植物的花盆，散发着虫蛀长毛绒旧帘子的气味。

塞巴斯蒂安在办公室很少与同事说话。他觉得交朋友、建立一种公事公办以外的关系，是对自己睡觉天赋的背叛。他长高了许多，相当地瘦，脸色蜡黄、脆弱而透明，不像是人的皮肤。这张有趣的面孔让办公室的姑娘们常常对他微笑。她们一面抹着粉、修整着发型，一面抱怨说：这小子太年轻了。他那对蓝色的大眼睛实属罕见，真的太漂亮了。

一个姑娘评论说："他的眼睛像圣徒……"

另一个的意见是："像艺术家……"

胆子最大的说："不，像梦中情人。"

可是，塞巴斯蒂安真的回答某位姑娘的问题，或者开玩笑的话，其方式是那样和蔼可亲、那样镇定自若，让她们个个感到败下阵来，他看她们的样子，只当她们是行尸走肉。她们不再跟他开玩笑了。塞巴斯蒂安当上了"办事员影子"的角色，他用沉默告诉大家：他属于另类，没时间、也没兴趣参加她们那种游戏。

办公室主任阿基雷斯比塞巴斯蒂安大不了十岁，出面保护了他。由于阿基雷斯说话太多，而他只有人家想听时才说话，因此阿基雷斯没发现塞巴斯蒂安听他说话时常常心不在焉。

为了发表长篇大论，主任常常坐到塞巴斯蒂安身边。

"在咱们这个组织里，你一定前途无量，因为我知人善任，知道你是个严肃认真有能力的人。你猜猜：从美国给咱们运来多少台计算机吧？那可是漂亮的现代机器啊。它们什么都能干，就差说话了。不知道吧？八十台啊！想一想，咱们用八十台计算机能做多少事吧！好啦，我告诉你吧：几乎什么都能做……绝对是这样的。你说呢？”

主任又矮又瘦弱，留了小胡子，戴着金边眼镜。虽然深色西装束腰很紧，奇怪的是小肚子却开始显露出来；下巴肉开始让尖下颌变得影影绰绰，有人不服从命令，或者有人办事不利索，或者迟到、早退时，下颌就颤抖得像个要哭的孩子。

有一次，主任再三坚持，塞巴斯蒂安接受邀请去领导家里吃饭。落座后，主任摊开餐巾，随后把餐巾两端插入马甲口袋里，一面开始等待开饭，一面向塞巴斯蒂安宣传有家、老婆、洗衣机的好处。主任夫人并不开口，但唇边挂着赞许的微笑，好像那种手持防御性武器的人，因为显而易见的是，她的心没在餐桌上，而是在厨房里，在向老天爷祈祷新的烤箱别烤焦了烧鸡。

一段长长的开场白过后，主任清清嗓门，说道：

“塞巴斯蒂安，你看，有些话我老早就想跟你说了。”

“真的？”

“真的。”主任答道。沉默片刻之后，他说了下去：“你瞧，是这么回事：办公室的人都很重视你，因为你办事有效率，为人正直。可你知道，一个办公室里最重要的是团结，大家要亲如一家。不团结就不可能有效率。大家对你有好感，可我不瞒你：这好感开始淡了。大家觉得你怪怪的……骄傲。大家邀请你参加晚会、郊游，请你喝酒，或者看电影，可你从来都不接受。能说说为什么吗？”

“因为我很少出门。”

“可是为什么呀？像你这个年龄的人应该出门娱乐啊。你可别在这种无聊的小事上毁了自己的前程。为什么很少出门啊？”

“我母亲孤身一人在家。我得陪她。”

“可这不是理由啊。可以肯定，如果你母亲明白你与同事们好好相处的重要性，一定不在乎一个月有两个晚上独自看家。因为这实在没什么。我告诉你这些事是拿你当朋友，我是过来人……”

“对了，另外就是我很懒散。很喜欢睡觉。实际上，我宁可上床，也不散步……”

“你总不会说你周六周日整天在睡大觉吧……”

“听起来好像很奇怪，但我真的是在睡觉。我是个很贪睡的人……”

主任大笑起来，赶忙拿餐巾堵住了嘴巴，不让饭菜喷出来。他喊道：

“萨拉，听见没有？听见这傻瓜刚才的话了没有？塞巴斯蒂安最大的乐趣就是睡觉。我这是头一回听说这种事情。不上街，不喝酒，不找女人。睡觉几乎成了癖好……”

“对，当然……”塞巴斯蒂安点点头，主任哈哈大笑，他陪着嘻嘻一笑。

“我听说过种种癖好，例如：好色，吸毒，酗酒，等等，但可以肯定这是头一回听说，有人的癖好是睡觉。伙计，你疯了吗？如果你整天睡觉，生活就溜过去啦，生活就是要好好过日子嘛。你瞧我！”

塞巴斯蒂安感到浑身不自在，觉得自己有过错，因此不得不给出一个含糊的解释：

“因为我想，睡觉的时候，在梦境里我会发现重要的东西，比……例如，比生活还重要的东西……”

“如果你把一辈子都耽搁在梦里而提前死了呢？那就意味着你

把一生都睡掉啦，一无所获啊！”

“可我想我要发现的东西实在是太美妙了，我做好了为它冒险牺牲的准备。”

“冒险牺牲的结果是某天早晨醒来已经变成了废人，让人扔进了垃圾箱吗？不，不，绝对不行。这是发疯。生活呀，就是要生活！”

谈话变得有气无力了。主任没话找话地说：

“我敢打赌：你死的时候会一无所获的！”

塞巴斯蒂安笑着反驳说：

“行啊，可要是我赢了，你掏我的丧葬费吧。”

主任毫不犹豫地同意了。

塞巴斯蒂安问主任：“要是你赢了，你要什么？”

主任拍拍他的后背，说道：

“如果我赢了，就把你送到公墓去。行吗？”

“好哇，很好……”

二人互相击掌，赌注下定。

“可怎么知道谁赢呢？”主任问道，开始怀疑起来。

“我想只要看看我的脸色就足以知道结果了。”

“你真的疯啦……”

二人笑了。送别部下的时候主任劝他：

“我想你缺的是精气，是活力。为什么你不学学我呢，搞点体育锻炼？我买了哑铃和弹力机，还每天早晨做仰卧起坐。也许这样你就有精力娱乐和上街找女人了……”

这差不多跟他母亲小心暗示的内容一样，妈妈很着急，因为儿子拒绝一切娱乐活动，包括看电影。即使哪一天她说服儿子陪她去电影院，儿子一进入黑乎乎的大厅，不久就鼾然入梦了。母亲老了许多，视力和听力日益下降。好像她的种种功能都减退和消失了。她吃的苦可太多了。她吃的苦头是她与梅奇塔太太聊天时常说的话题。女房东有雀斑的指头如今已缺乏从前做编织活计的灵活性了，但反之老太太越发有兴趣听取别人诉苦。有一次，阿黛拉借用梅奇塔太太之口向儿子传达了她自己的想法：

“梅奇塔太太是很喜欢你的，因为差不多你一出生她就认识你了，她说，觉得你在浪费生命……，她说，你应该玩一玩，比如，应该去度假。她说，你应该振作起来，别老睡觉了。她说，你好像是中邪了，她相信那些玩意儿……”

塞巴斯蒂安失去了耐心。他喊了一声之后，降低了嗓门，说道：

“最让我生气的是您把这些事说得好像出自梅奇塔太太之口。您干吗不跟我明说这就是您自己的想法呢？妈，别这么干了！这工作我乐意做，养活您是我应尽的责任，因为我爱您。可我不允许任何人，包括您在内，干涉我的生活。我一醒来，不管多么努力，就是回忆不起来那扇门后面隐藏的幸福，一点都想不起来，这实在是太痛苦了。有时，我想应该丢下一切，如果有必要，甘冒绝食而死的风险，为的就是睡觉、睡觉、睡觉、睡觉……直到那扇门打开为止。我担心生命太短暂了。这是因为假如下班后我都没权利睡觉，那活下去就没意义了……”

“你现在这个样子活着也没什么意义嘛！”阿黛拉离开房间的时候狠狠地把门摔上。她回到自己的房间，放声大哭起来，一定要让儿子听见。

塞巴斯蒂安反复掂量：要想给母亲解释这些事是没有用的。对谁来说都没用。所有这一切比他本人和大家都重大得多。这一切在拖着他走向一个陌生的结局，以摧枯拉朽的力量让他这样做，让他与世隔绝，不与人们交往。与此同时，他由于无法回忆起梦境中的幸福而日益焦虑，还有他觉得事情的整个发展在加快速度。以前小的时候睡觉就等于玩耍，等于发现了一件有点神秘的玩具，但毕竟是玩具，因此无害。小时候睡觉是因为他喜欢，或者因为有时间，或者干脆就是想睡。而如今他既然要与人类结账，养活母亲、上班干活，甚至参与人们的活动，那他觉得完全有权利认真地睡觉，他对睡觉的意图有清醒的意识，因为他真正有需要、越来越强烈地需要知道梦境里的内容。过去的消遣如今成了他存在的全部意义，他理直气壮地需要睡觉，要把全部空间、时间都投入到睡眠中去，因为他如饥似渴地要进入梦境里，如果不能利用全部的时间、百分之百的时间，那宁可丢掉比生命还宝贵的东西。但是，一觉醒来时，那扇门依然无情地关闭着，留给他的只有迷惑，只有焦虑、令人疲惫的焦虑，想要了解那可能说明一切的梦境，同时，还能让他与别人共处。

阿黛拉在公寓自己的房间里，凄凉而孤独，她日渐苍白，消瘦，因为思虑过度，她抱怨命苦，想着儿子无法解释的命运中让她满意的事情太少了。她终于发现，对儿子来说，她没有任何意义，只是物质世界里儿子朦胧关爱的一个对象罢了。好像儿子如果不努力注意她，那早就把她从生活中抹去了，将她的轮廓和质量一笔抹消。阿黛拉不单单是重听，视力还极差，而且走起路来双腿疼痛。她几乎一年四季都咳嗽不止。一天，她咳嗽得厉害，因为没力气求别人帮忙，结果离开了人世，仿佛终于相信她没有必要再活着了。

塞巴斯蒂安从葬礼上归来，脱掉帽子，摘了手套，把两样东西扔到梳妆台的大理石基座上。他关闭了自己房间的门窗，请求梅奇塔太太一天送两餐饭，然后倒头便睡，急不可耐，好像母亲的逝世切断了他与外部唯一的联系。他睡了三天三夜，这三天是主任表情忧伤地批准的丧假。塞巴斯蒂安醒来时发现，那扇门依然紧闭，看不见光明。但差别已经大不一样了，如今他知道：坚信有一天，哪怕十分遥远，他会完整地回忆起梦境之门后面隐藏的部分生命。只要动手去做就行了。这个新的信念让他穿上衣服，梳洗打扮，出门上班，到办公室后，他感觉从未有过的轻松，充满了信心，浑身是劲。他请人通报要见主任。后者张开双臂，兄弟般地迎接他，请他在办公室最舒适的扶手椅上落座。塞巴斯蒂安谢绝了主任的香烟，说道：

“我是来辞职的。”

主任一跃而起。他不明白这突如其来的决定。为什么呀？有什么目的？他依靠什么生活呀？他没意识到留在组织内，将来前途无量吗？怎么能这么糊涂呢？可塞巴斯蒂安决心已定。他好像对主任视而不见、听而不闻。

终于，主任自己说累了，看了塞巴斯蒂安一眼，骂骂咧咧地问他：

“你打算干什么呢？整天睡觉不成？”

“对……”

“为什么呀？……”

主任极力压住火气。

“不知道。必须这么做，必须知道那……”

主任愤怒地起身，吼叫起来：

“少来你那套胡说八道吧！你的毛病就是太懒散，跟那种自命不凡的人一样。谁给你特权让你养尊处优啊！别，你别跟我说故事！你追求的就是过得好，不干活，睡觉，休息。别说什么梦境了！可我警告你：你要完蛋了，最后一无所有。行啊……很好，现在走吧！对，我提醒你一件事，好好记住：将来别求我帮你！咱俩的友谊到此为止了。我可不当职业乞丐的朋友。既然你要懒散又想过好日子，那就要为后果负责到底。”

塞巴斯蒂安的自尊心受到了伤害，可仍平静地望着主任，问道：

“还打赌吗？”

主任狂笑起来：

“这么说眼下你还有勇气开玩笑？很好呀，让这打赌成为咱俩唯一的联系吧。可你不知道，要是把你送进公墓里，我心里该是多么地高兴啊？”

塞巴斯蒂安来到街上，大大地松了口气，好像是生来第一次这么做似的。现在他终于当家作主了，没有什么绳索能把他跟什么人、什么事捆在一起了，如今他可以一心一意去做梦了，只要能多睡一分钟，就可能更接近目标，打开那扇门的可能性越来越大。就算别人拿他当废物又有什么要紧呢？实际生活中，他又是什么呢？只不过是个进出口公司的小职员罢了，住在气味发霉的公寓里而已。梦境则不同，虽说没看真切，那里有强大的武器、美丽的言辞、五颜六色、有光明的制度，巨大而富有价值的东西；有了那些，他塞巴斯蒂安可以让黑暗的界线倒退。对，现在他认定了这个看法。从前，他只把工作之余的少量时间投入到梦境，现在可要贡献全部的生命了。他的生活方式要变一变了：尽可能用大量时间睡觉，不让所谓的“实际生活”的责任影响梦境。没必要给阴影增添光彩：衣食住行、吃喝玩乐都是阴影。这样，只要永远生活在那扇门附近，就随时有可能见到光明。

唯一实现这个企图的方式就是摆脱一切。既然他早就不喜欢这座城市，尤其比如像现在这样的春天。他逐渐养成了这种感觉，于是卖掉了家具，处理了全部财产，告别了梅奇塔太太(她流着泪喊道："孩子，你发疯啦！你疯啦！"）他出了城，踏上了一条通往北方的道路。

周围的风景为他提供了梦的气氛，安抚了他清醒的状态，把他立刻包围起来。溪水旁的垂杨柳摇曳不定，摆弄柳叶的风儿赋予每种植物、枝叶不同的语汇。远处，蓝天下有座桉树覆盖的小山。孩子与狗嬉戏的沃土上的小路引领他向奶牛场走去，因为从远处传来了奶香；或者引领他向一缕炊烟走去，那烟从半遮半掩的树丛后面的农舍顶上在向他招手呢。每棵树的树皮都展示着一张不同时代和功能的地图。塞巴斯蒂安身处万物之中，感到从前那种把"日常现实"与另类现实、那最真实的现实分开的距离，现在正逐渐地缩短，其原因仿佛是整个丰富的外部世界加入到这梦境隐藏的现实中来了。

塞巴斯蒂安年轻力壮，喜欢这夏初的天气，他这里那里的打打工，时而在农场，时而在村里。在有的地方，他帮助人家洗羊，主人让他睡在走廊上。在另一处地方，他参加收割向日葵的工作，后来，有人请他从黑土地里刨土豆。接着他继续前进，与此同时，惊鸟们箭也似的威胁着脆弱的蓝天。用三天干活挣的钱可以在一周之内不做事，于是他整天睡觉，躺在蜜桃树下，或者收割后的庄稼地里，或者草垛上。阳光晒黑了他的脸庞和手臂。一道平静的光沐浴着他的双眼。他偶尔也回城里，有几次远远地望见了阿基雷斯主任。后者一看见塞巴斯蒂安就连忙转移视线，或者急忙穿过街道，以避免交谈，他走到远处后，主任竖起一个戴手套的指头，好像是骂他，又或是在提醒他什么。

渐渐地塞巴斯蒂安出了怪事：他无法控制睡意了。他已经不像从前那样想睡时就可以自由地控制睡眠，而是睡意主宰了他的毅力，睡意独立自主，霸道地管制着他。现在睡意会突然袭来，比如说就在路上，他被迫就地卧倒，蜷缩在烂草堆里睡觉。他惴惴不安，觉得睡眠离开了自己的位置，涌入了他的整个生活。无论日夜，无论什么地方，无论冷暖，他倒地就睡；甚至无论下雨还是上班时间。醒来时，面对不肯前来的回忆，他越发地绝望。但是随着他睡觉的时间越来越长，随着他知道自己被排除在幸福之外而越来越痛苦，他越发相信：总有一天那扇门会慢慢开启，请他入内。醒来时，他想到奇迹临近了。但仅此而已。

有一天，人家交给他一把长柄大镰刀，说是如果他把牧场的草全部割完，然后再存入仓库，就可以给他一大笔钱。塞巴斯蒂安心里想，有了这笔钱，就可以睡上一整月，而什么也不用操心了；在睡觉的这一个月里，可能发生的事情不可计数啊。他挽起袖子，扛上大镰刀，从牧场的一头割到另一头。刚刚刮起来的风把无花果树冠吹得摇来晃去，发出“唰唰”的声音，浓浓的树阴下，苔藓上，栖息着两只白鸭，羽毛白净的程度堪比新洗的衬衣，风儿肯定是轻佻地抚摩过它。塞巴斯蒂安听到了鹦的叫声，看到了乌云在一指宽的白杨树叶之间缓缓飘动。他想：“我得赶快。必须快割、快藏，今天晚上会有暴雨……”

他干了整整一个下午。乌云越来越黑，压得越来越低。他奋力地割草，犹如在植物的海洋里与风暴搏斗的人一样。牧草全部割完之后，他感觉累了。他看了看天空。雨点落了下来。片刻之后，睡意不可阻挡地控制了他。在割下的牧草堆上，他睡着了。雨水落在他身上和草上；割下的牧草很快会腐烂。他醒来时，东家发火了，因为牧草全腐烂了，所以不肯给他工钱。塞巴斯蒂安上路了，一走很多天，因为从一处牧场到另一处牧场都流传：塞巴斯蒂安这个人靠不住。

于是，他找活变得困难起来。人家每委托他做一件事，无论活计多轻，他总是弄砸：他无法克制自己，总是想睡觉。让他看守肉锅，结果肉烧糊了；让他看婴儿，结果孩子从摇篮里摔了下来；派他拉车运草，上山赶牛吃草，结果他睡着了，车子翻了。屡屡失败的记录刻在他走路的姿势、说话的声音和衣服的碎片上。

他想："我慢慢地老啦……"

自尽是很容易的：在公路上扑到卡车前面，从大桥上往下跳……可塞巴斯蒂安不想死，因为只有活下去，他才能做梦。他觉得离目标近了，可已经筋疲力尽。糟糕的是，要活下去就必须工作，可没人愿意让他干活。大家都躲着他，好像怕他，或者怕他带来厄运。他绝望了，一天下午他去精神病医院，请大夫治治他的嗜睡症。两位年轻、严肃、认真，像天使一样和善的白衣大夫接待了他。二人耐心听取了塞巴斯蒂安的陈述。

一位说："是啊，可这不是病啊。"

另一位用稍稍遗憾的语气说："我们这里没法治疗……"

塞巴斯蒂安用恳求的口气说："大夫，可我怕死啊……"

"你这么整天睡觉，岂不是跟死了一样嘛！"

"不，不，大夫，差不多门就要开啦！"

"门？什么门？"

两位医生意识到塞巴斯蒂安属于那种精神失常的人，但没严重到非治疗不可的地步。真正发病的人很多，床位必须留给重症患者。但是他俩发觉塞巴斯蒂安是那种无依无靠的人，他无家可归，非常害怕在那扇神秘之门没打开之前会死去。两位医生被他的处境所打动，允许他留院观察几天。但一天夜里，两位医生查房，来到塞巴斯蒂安的床前时，看到他满脸笑容可掬，他们便决定不让一个睡眠状态如此良好的人住院。于是次日，他们便请他上路了。

塞巴斯蒂安知道末日近了。他已经无活可做了，整天挨家串户，走街穿巷，一村又一村地乞讨。周围的一切，他都不在乎，仿佛无论发生了多大的事情都没有任何意义。他生活在一个朦胧的天地里，那里布满了影子、回声、期待。他蓄了长长的头发和胡须，浑身软弱无力，摇摇晃晃地走在公路上、铁道旁、城里的大街小巷中。睡意袭来时，他倒头便睡，不管何时何地。一次，一匹马走近他的身边，闻了闻他的脸，还以为是死人。行人纷纷绕开他，仿佛他是巫师或者是坏蛋，或是疯子。而他依然放心地睡大觉，因为等到那扇门开启之时，现在躲避他的人一定会认出他来。

他有时进城，因为那里弄到食物比较容易。他在市场上可以偷个面包或一块炸鱼。但通常的情况下，人们都能认出他来。有个背着包裹气喘吁吁的女人撞见了他，便立刻喊道：

“睡觉的懒鬼，真不要脸！不干活，要饭，偷东西。人渣！应该把你轰到城外去！要么关监狱！你还没老得干不动活嘛！”

但他已经干不了活了。睡意会立刻袭来，好像在生气：什么事能夺走睡觉的权利啊！有一次，他偷东西被人当场抓住，被送到了牢狱中。警方很快就释放了他，但是留下了犯罪案底。从前那些带着宽容笑意对待他懒散毛病的人们，如今一看见他过来，便纷纷躲避他而去。

冬天到了，又是一个冬日，塞巴斯蒂安确信自己要死啦。他一点力气也没有了。但是，他觉得如果争取再活一周，如果能解决吃住，他就能睡觉，最后就能回忆起梦境，理解梦境，说出梦境。如果死期提前，那就是失败。但塞巴斯蒂安抱的希望很大，只有在这一点上他是绝不动摇的。这是终点。但也许就是胜利。

天很冷。黎明时分，在公园僵直的黑树下，塞巴斯蒂安有时会发现被冻死的小鸟。他想让鸟儿活过来，就吹吹鸟儿灰色的羽毛，冰霜冻得鸟儿纹丝不动。他住在城里的一座桥下，身边有条长了许多虱子的脏狗为他取暖，他身上盖了一些破报纸用来挡风，因此能睡觉，他几乎总是睡觉。他心里明白，快了，快了，就要回忆起梦境，快了，快了，那扇门就要开了。只要坚持再活几天就行啦，只要找到一块面包，挡挡寒冰和霜冻就行啦。可这难办啊。有时，他来到一家肉铺外面的玻璃窗前，鼻子贴着玻璃往里面看，钩子上挂着去了内脏的动物红肉；一有人出来，从门里就带出鲜肉的浓香，这稍稍缓解了一点他的饥饿和寒冷。

有一天，他忽然心生一计。

他要去拜访阿基雷斯主任，他住得不远。一看见他这副穷样，主任兴许会动恻隐之心呢。或许，主任已经忘记了多年前说过的话，那是好多年、好多年前的事啦，他有可能给他吃喝，让他住上几天，尽管前不久二人在街上相遇时，主任没认出他塞巴斯蒂安来。有可能……

为了保护头部，抵御寒冷，塞巴斯蒂安用报纸做了一个圆锥形的纸帽子，他慢慢穿过寒冷午后的街道、房屋和树木的阴影，时不时望望电线上方的灰色天空，最后来到阿基雷斯主任的门前。屋顶的上方，乌云压倒了暮色中的红色。夜幕开始降临。天要下雪了。塞巴斯蒂安按动主任家的门铃。开门的是一位身穿黑色上衣，系白色平纹细布围裙的女仆。

塞巴斯蒂安问道："可以跟阿基雷斯谈谈吗？"

"你找尊敬的阿基雷斯主任？"女仆强调"尊敬"二字。"他在吃饭。你走后门吧！绕到后面那条街上去！这大门是迎接客人的。你是谁啊？"

他说出了自己的名字：塞巴斯蒂安，这如同打开了鸟笼的小门，让小鸟飞出来，永远的自由。后门在一条小巷里，冷风呜咽着吹过来，他在等待。他把圆锥形纸帽扣得紧一些，系好双脚上的烂布条。他的脸被盖住了，成了无名氏，坐在门槛上傻等。

后门终于开了。阿基雷斯主任露面了，岁月让他发福了，脖子下面还围着一大块白餐巾。

他问："您想跟我谈谈？"

"对……您不记得我啦？"

主任用餐巾角擦擦眼镜上遇冷蒙上的雾气。他身后，门后边的房间里几个人围着餐桌在笑。

"不记得了。快点，说您要什么？瞧这天气多冷，容易感冒……"

一颗泪珠在塞巴斯蒂安的睫毛上冻住了。

主任威胁道："您要是不说，我可要关门啦！"

"您不认识我了。"塞巴斯蒂安低声道。

"不，哎呀，不认识。我怎么能认识城里所有的流浪汉呢？再说，您这么长的胡子、这身烂衣裳……"

"我来求您给点吃的，让我住几天，先生，我要死了。坚持不住了，等不到看见那扇开启的门……求您了……"

辨认出是谁之后，乌云笼罩了主任的脸。

"等不到什么？什么门？"

"……那门，我也许能看到……"

"不，不，不，您走吧！您不会死的。您还没那么老，能找到工作。到今天这地步，是您自找……走吧！晚安！我跟您毫不相干！"

大门关上了。

塞巴斯蒂安极力蜷缩成一团，在门槛旁睡下了。

半夜，天空放晴，群星璀璨，从深黑的夜空中俯瞰人间。空中落下了冰霜。次日，礼拜天，黎明时分，天空万里无云，一片湛蓝，空气稀薄、易碎，好像一只巨型的风筝。太阳没有使街道变暖，但光线清晰地指向所有的角落。

尊敬的阿基雷斯主任、夫人和两位女儿(一个六岁、一个七岁)一大清早去做弥撒。全家以全部的热忱参加了圣餐仪式。回家时，他们走在阳光普照的街道上，跟熟人打着招呼，时不时跺跺脚、拍拍手，不让手脚冻僵。玛丽亚·帕特里夏和玛丽亚·伊莎贝尔，身高几乎一样，头戴白皮帽，双手插在白皮手笼里，一面前进，一面让路人欣赏着她俩的身材和豪华的穿戴。

走到通向后门的小巷时，四人吐出的哈气突然中断了。主任和夫人停住了脚步。两个小女儿尖叫了起来，急忙藏到父母的身后，因为她们家门槛旁，有个人形状的东西倒卧在那里，满脸的长毛，脏兮兮的，盖着破报纸。四人小心翼翼地靠近。主任用脚踢踢那人。

他低声说："他死了……"

夫人弯腰想揭开那人脸上的纸帽子。主任吼道：

"别干蠢事！别动他！干嘛要看他的脸？"

可他老婆已经揭掉了纸帽。死人的脸上，透过胡须和污垢，焕发出极度兴奋、极度欢乐和极度陶醉的表情，这让小女儿玛丽亚·帕特里夏勇敢靠近他的同时，喊道：

"瞧啊，爸爸，多漂亮！他好像见到了……"

"闭嘴！别胡说！"主任吼道，气得要命。

"好像他正在看……"

没等玛丽亚·伊莎贝尔说出死人好像正在看着什么，主任就粗暴地拉住两个女儿，把她们推向院内。姐妹俩手拉着手，没像往常父亲训斥她们时那样又哭又闹，说着死人原来这么漂亮啊，互相保证今后大人们再用死人吓唬她们时绝对不予理睬。主任报了警，说有个乞丐天亮时死在了他家的后门。由于尊敬的阿基雷斯主任是个好人，再说他又有伟大的爱国心，他吩咐：既然尸体在他家门前出现，就不要送公共墓地啦。他负担丧葬的开销，当然不会是一等葬礼的规格，那就太荒谬了，而是三等，这对于一个默默无名的乞丐来说，也算是难以享受到的奢华啦。

安娜·玛丽亚

一

“真奇怪！怎么能把这么小的一个女孩独自留在这么大的一个花园里呢！”老人心里想，一面用手帕擦擦脸上的汗珠，随后放进了破夹克的口袋里。

女孩真的很小，可能还不满三岁，在远处栗树和胡桃树的绿叶掩映之间忽隐忽现，犹如一片树叶。老人的目光在寻找女孩：他觉得林中的无序状态已经吞没了她，寂静中唯一的住户就是蚊虫的嗡嗡声以及流经杂草和灌木丛中间溪水的潺潺声。看不见女孩在何处，这着实让老人感到不安。但很快他看到了那小小的身影：她蹲在一个黄花坑边，其实那是一块阳光投射在阴影深处制造的假象。老人这才松了一口气，低声嘟囔道：

“小可怜儿！……”

老人坐在柳树的树阴下，柳树长在花园的一隅，在外边的人行道上投下了阴影。他用枯枝慢慢点燃一堆小火，热上他的茶缸。他拿出面包、西红柿、洋葱，一边吃起来，一边心里想：奇怪呀，从前怎么没见过这个小女孩呢？他一直以为这片用铁丝网圈起来的土地是无人居住的，虽然他似乎曾偶尔地看到过树林深处有座房屋，样子好像很小，与花园的位置不般配。他不止一次地向花园深处窥探，奇怪的是从来也没见过人。后来，他就不去想这事了。

老人每天来这棵柳树下吃午饭，然后在这座绿色孤岛的旁边打个盹，这里是居民区附近唯一有树的地方。下午两点，他回到干活的建筑工地去，距离这里有两个街区，现在这条路两侧几乎还没有住宅，干巴巴的一片。

老人在铁丝网的外面侧卧。树阴挡住了中午的烈日，他听着溪水流动的声音，关注着树叶的轻微响动，盯着花园内的动静。他看见那女孩从树丛中钻出来，好像她原本就是这绿色的一部分。她小小的身躯，几乎赤身裸体，站在一棵巨树旁边，红蔷薇像动物一样急急忙忙地攀缘在树上。老人注意观察了一会：看着她如何在灌木丛中玩捉迷藏，如何突然跑开，小小的雪白身躯是如何化做一道特别漆黑的影子。随后，老人擦净茶缸，熄灭余火，返回了工地。

干完了一天的工作，老人没有和班组的工人一道离开。大家嘻嘻哈哈、摇晃着装满衣服的手提包先走一步了。他故意留在后边，打算去花园看看女孩在不在。但她不在。

天黑以后，他坐在茅屋门口吸烟，这是他的住处，地点在城市的另一头。他老伴在屋里，蹲着吹火盆，准备一等煤炭烧红就把一口菜锅放上去。老人不知道该不该把女孩的事说出来。两人结婚三十多年了，他一直没弄明白什么事能告诉她而不惹她生气……尽管实际上，长期以来他并不在意老婆是否生气。于是，他说看到一个小女孩独自待在一座很大的花园里。

“一个人？”刹那间，老婆脸上的皱纹柔和了许多。

老汉低声加了一句：“是个金发小女孩……”

听见丈夫的声音，老婆的脸上再次浮现出温柔的表情。她用力吹着火盆，结果一串火星在悲凉的夜空里爆炸开来。随后，她进屋找菜锅，现在越发相信男人是在冷落她。眼下就是她一直久久期盼的时刻，男人会骂她“笨蛋”，因为暗暗讨厌她不会当个好女人。“笨蛋”，小区里的娘们也傲气十足地这么说她，她们为了给一大堆子女找吃的而憔悴不堪，总是避免与她打交道，说她脾气不好，不爱说话。多年来，她一直藏在坏心情和孤寂的乌云里，等待时机撤退，让位给一个会管家的好女人。年轻时，因为青春尚在，男人还有点可怜她。但后来就很难再可怜她什么了。进入老龄后，二人之间早已积怨很多了，只剩下一点近乎沉默的生硬态度成为唯一实在可感知的联系。

那天夜里，老婆气乎乎地给丈夫端上菜汤。他一勺勺喝着，这一回没注意到菜汤还是老样子，结婚多年来他一直不喜欢喝。后来，二人上床躺下。老婆总是动一动，说说话，才入睡，与此同时，老汉则很难进入梦乡。不过有时她情绪紧张，长时间醒着，并不乱动。这一宿男人告诉她见过一个小女孩，独自待在大花园里，她没说话，安安静静，好像在期待着什么。

每天午饭后，老人都躺在人行道的树阴下，身旁是铁丝网，注视着花园里的动静。有时，他远远望见那女孩，几乎赤身裸体，总是独自一人，漂浮在那座光亮的植物岛上。不过，也有的时候，他没看见女孩，因为他睡着了，年老体弱，晒着太阳干活很容易疲劳。由于老人找不着人可以说说这事，因此有好几次就把女孩的事说给老伴听。她听了以后越来越为女孩担心，后来，夫妻之间竟然没了半点龃龉。

一天，老人在柳树下被惊醒了。他瞪大眼睛向密林里窥探，没看见有人。但忽然之间，铁丝网里面，灌木丛后面，有对大眼睛，深沉而明亮，从暗处目不转睛地望着他。他一下子给吓醒了。

是那小女孩的大眼睛。她小小的身体渐渐脱离了绿叶的倒映。

老人有些窘迫，好像在别人的柳树下睡觉是做了件坏事，准备起身要走。可小女孩没等他迈步，已经来到铁丝网旁边，一面喊道：

“亲爱的……”

老人惊讶得动弹不得，然后笑了。

“美……！”

小女孩的眼睛真是又大又亮，头上留着金色的额发，好像在小脸上闪着金光。老人和女孩一动不动地相互注视着对方。后来，老人问道：

“小姐，你叫什么名字？”

她没立刻听懂。老人又重复一遍。这一回，女孩笑着回答说：“安娜·玛丽亚……”

老人情不自禁地伸手穿过铁丝网，抚摸安娜·玛丽亚的金发。她变得很严肃，好像在思考什么。后来，她笑了，直视老人惊喜的眼睛，拿着胳膊上挂着的一个包给他看。她喊着：“包……包……！”

“小姐的包真美！”

安娜·玛丽亚喊着：“美！你，美！亲爱的！”

她慢慢离开了铁丝网，几乎被绿色阴影所吞没，一面挥手跟老人道别。接着，她消失在花园里的灌木丛中。

老人想：“真可怜啊！”

那天夜里，他告诉老婆：女孩名叫安娜·玛丽亚，没再多说什么。可老婆的身体弯得很厉害，结果火烧坏了衣裳。过了一会儿她说，晚饭没什么可吃的。这对老人来说也是常事，他早早上了床躺下了，因为睡着觉就不饿了。女人也悄悄躺下了，老老实实睡在他身边。

二

在花园深处的小屋里，安娜·玛丽亚的父母躺在乱糟糟的窄床上。从绿色板窗透入流水般的光线，落在夫妻汗津津的身体上，小屋里一片光明。苍蝇、蚊虫锲而不舍地嗡嗡叫着，让空气也随之颤动，潮湿的空气里充斥着疲惫身体的体味、香烟味和汗湿床单的气味。

丈夫几乎不动，他伸手抹去胸前和腹部的汗水，在肮脏的枕头上擦擦手掌，他闭上眼睛，做了一个恶心的怪相。随后，他慢慢半睁开眼睛，好像汗水十分沉重地压住了眼皮。他侧过身子，望着妻子的身体。真美，真美，又白又嫩。也许个子太高，浑身是肉，但很美，这裸体与床单接触的边缘挤压成褶皱。丈夫知道她半睡半醒。他看见她雪白的脖子下方压上了一根她自己的黑头发：结实的卷发。他轻轻地拿下头发，她皮肤上留下一道浅浅的红印，慢慢地变成白色。接着，他动作十分轻柔地打死几个小蚊虫，它们是绿色的，来自密林之中，那里一切都在繁殖，在生长，如今落在妻子的皮肤上。有个小虫藏在她的胳肢窝里，由于她双臂枕在脑后而露出腋下。他故意用力把小虫拍死在那里。妻子笑了。他摸摸她的腋毛、胳臂内侧(比身体其余部位更洁白)。她转身面对丈夫，二人搂成一团。

接着，夫妻又打了个盹。等到完全睁开眼醒来时，丈夫惊叫起来：“下午两点啦！我饿了！”

妻子伸了个懒腰，一面打着哈欠，一面嘟囔说：

“我们没什么可吃的……”

夫妻一起打着哈欠。

"我看见有鸡蛋啊……"

"早晨我把鸡蛋给女儿了。"

"嘿，她有什么要紧的？"男的翻身把一条腿搭在女的大腿上。

她推开他的重压，稍稍挪开一点，床单上留下了一片汗迹。她斜靠在丈夫宽大、结实的脊背上，手指玩弄着他肩膀上的肌肉块。但不能再玩了。斟酌再三，她一用力，拿起了落在床下的梳子；地上还有装满烟头的烟灰缸。她熟练地把湿漉漉的头发拢在脑后，随后，她穿上一双脏兮兮的白色高跟鞋，裸露着身体向厨房走去。

果然，冰箱里只有鸡蛋了。看到今天早饭和昨天晚餐时用过的脏盘子，她冷漠地耸耸肩膀，不洗脏的，而是拿出干净的。她一边做饭一边打开收音机：是个喧闹的舞蹈节目。她用高跟鞋踏着音乐的节拍。她一面扭动光裸的腰肢，一面煎着鸡蛋。

"你的音乐把我给吵醒了！"男的从卧室里喊道。

"得了吧！你睡得够多的了！"

男的起床了。他对着一面长镜子，开始做体操。在一次又一次的弯腰运动中，他问：

"嘿，小丫头呢？"

"外边呢……"女的回答道。"今天是礼拜天，她知道不能打搅咱俩……"

"她那么小，知道什么礼拜天不礼拜天的……"

"可她知道你在这儿的时候不能打搅。"

女的摆上丈夫和女儿的盘子。她把自己那份鸡蛋放进杯子里，因为找不到干净的盘子了，可她又不打算洗脏盘子。她披上一件罩衫；她丈夫穿上短裤，然后站到门口召唤安娜·玛丽亚。三人围着小餐桌吃鸡蛋，通常这是全家吃饭的地方。

安娜·玛丽亚一看见鸡蛋，就说："我不要。"

可父母没听见她的话，因为二人在笑一本画报里的故事。后来，女的看见安娜·玛丽亚不吃鸡蛋，而是在用大眼睛望着她，那大眼睛真是又清澈又明亮。妈妈感到不快，冷冰冰地说：

"吃！……"

安娜玛丽亚看看鸡蛋，再次说：

"我不要……"

"那就吃面包去！走吧！……"

安娜玛丽亚走了。

男的问："今天早晨她吃饭了吗？"

"吃了，我估计是吃了。我当时昏昏沉沉的，没发觉……"

"昏昏沉沉？为什么？"

"昨天晚上干的事，你还问我为什么？蠢货！"

夫妻都笑了。

"洗盘子去！快点！"

"不去。你以为我跟你结婚就是为了给你和丫头当仆人的吗？"

不管家里多么乱七八糟，夫妻又回到卧室去了。经过一番云雨和打盹之后，男的提出：

"喂，今天晚上去看电影，怎么样？"

"好哇，可是得先让丫头睡下，把门锁上。"

"行，……像以前一样。"

"对，不过这孩子怪怪的，不知她会出什么事。你没发现？有时，我觉得她……不知道……好像让我害怕。你看，有一天，咱俩看电影回来，她还醒着呢，就是在装睡，可那会儿已经深夜一点了……"

“那又怎么样？”

“不知道。她太小了啊。”

“别犯傻！有什么关系？要是愿意，她可以睡上一整天啊。”

“她总是有点怪怪的。甚至连学说话也晚。你看，她唯一喜欢玩的东西就是我放鞋的袋子……那有什么好玩的呢！她说，包包。”

“嗯，是有点奇怪……”

“有时，她用一种野兽才有的眼神盯着我，让人有点受不了。你看，有一天，我正在花园的帆布躺椅上睡觉呢……你知道，阳光暖烘烘的让我发困……”

女的边笑边抚摸丈夫的胸毛。

“……一句话，我睡着了。忽然，我醒了。我一眼看到不远处的椴树下，丫头在那里，确切地说，是丫头的眼睛，从树阴下像个傻子一样盯着我。等她发觉我醒了，就跑开了。”

“嘿，你真是白痴！这有什么啊？”

“不知道。就是怪怪的。还有一次，整个一上午我转来转去要抱抱她，或者找她说点什么，可她一言不发，也不靠近我。那天我什么也不想做，好像很累，或者什么……”

“你什么时候不累啊，懒货！”

“……可我最后抱住她了。于是，她搂住我，笑啊，亲热啊，那个样子很腻人，让我觉得，怎么说呢？害怕或者恶心。不过，有时候她也很可爱。啊，对了，她对我说‘亲爱的’、‘美’。你知道，天晓得，她学会的头几句话是从哪里来的，你可没对我说过这样的话……”

“没说过吗？怎么会呢？”

“就是没说过。从来没说过……”

“可我说过更好的啊。”

“行啦。可不是‘亲爱的’、‘美’。好啦，她对我黏糊得不得了。我很害怕，尤其是，你知道她干什么吗？”

“不知道……”

“她咬我的耳朵！”

男的笑了。

“咬你的耳朵？这鬼丫头怎么知道你喜欢这个？”

“别犯傻！不是这样。别笑！你看，她咬我，可不是慢慢来。她很用力啊！好像要用她的小尖牙把我的耳朵咬断。我疼极了，尖叫起来，把她扔到了地上。她撒腿就跑了，好像知道自己干了坏事。那是上午的事。中午，她没回来吃饭。她一整天都没吃东西。你知道我讨厌去花园、去密林，就没去找她。等到天黑她回来的时候，有害怕的样子，我惩罚了她……”

“你怎么她了？”

“不知道！我怎么记得？”

男的又笑了，这一次是因为画报上的笑话，二人说话的时候，他在翻阅画报。他觉得身边的画报沾上了老婆有汗的身体。夫妻吸着烟，二人不知是谁把收音机拿来听音乐。板窗和花园的绿光开始变白了。

三

老人仍然天天去柳树阴下吃午饭。用不着向花园里张望了，因为小女孩总是坐在铁丝网旁边候着他。她好像能用什么办法猜中钟点，如果老人迟到，她的眼神就有些生气。不过很快她就微笑着低声说：

“亲爱的，美……”

老人费力地把安娜·玛丽亚从铁丝网上抱过来，让她坐在自己的身边。他让她点火热茶。然后，二人共同分享面包，偶尔有块肉，洋葱和西红柿。小女孩总是显得很饿的样子。

一天，工地上一个工人偶然撞见了老人和女孩在聊天。从此以后，工人们就不让老人安宁了。

“喂，老情人，你的亲爱的怎么样啦？”

他耐心地倾听着工友们的嘲笑声。他一面推着灰浆小车，双腿颤颤巍巍勉强支撑着身体，一面沿大木板向下跑去。尘土和汗水模糊了双眼，他几乎看不见站在脚手架上说脏话的年轻工人。

“嘿，老鬼！小心点啊！别让人把你关进监狱！”

老人想起安娜·玛丽亚午饭时对他说的话，脏脸上露出了不好意思的神情。

那时，女孩坐在他身边的树阴里，突然打开了她那宝贝袋子，让他看里面有双鞋。

“鞋！脚美？”

袋子里还有一条旧发带，但依然发亮。老人用笨拙的双手把发带系在女孩的金发上。她洋洋得意地摸摸发带上的玫瑰花。女孩还让老人看别的东西：一个骰子、一盒药、一盒火柴、一个洋娃娃的断头。这是她从口袋里最后拿出的东西，好像不愿意让朋友看见，好像她自己也不愿意看到。那是个金发、脸蛋肥胖的脑袋，表情性感、迷人。

“这个是什么？小姐。”

安娜·玛丽亚的眼睛忽然间充满了泪水，悬在眼眶里没落下，这一下子让双眼奇异地光彩照人。

“坏……”女孩低声说。

“为什么？”

于是，她激动地摇晃着断头，叫道：

“坏，坏，坏……”

她把断头扔到了花园的树丛里。这时，她的泪水夺眶而出，她一动不动地注视着老人，面颊上挂着泪痕，睫毛上布满了泪珠。

老人抱起女孩，让她的头靠在肩膀上，直到无声的呜咽减弱。他用自己的手帕擦净她的泪水。这时，女孩用小手摸着老人满是皱纹和胡须的脸，说道：

“美……美……亲爱的……”

后来，老人高高兴兴地走了。

晚上，老人坐在茅屋门口抽烟，望着夜色降临在小区临时建起的屋顶上。他总是想起那小女孩：那么小，在大花园里那么孤单。他不盘算未来，不回想往事，一心一意地敞开心扉，让安娜·玛丽亚的形象进入脑海。他的老婆在黑暗中望着他，确信在他动身前自己的位置一定会让位给另一个女人。

又过去一段时间，老人干活的工程完工了。工人们被遣散了，但他们很快都找到了新活计。可是没人愿意雇佣一个没力气的老汉。他明白自己的处境，但并不惶恐。反之，他一想到安娜·玛丽亚就不安起来了，因为她在城市另一端的铁丝网等着他呢，等他跟她聊天，给她面包和洋葱。

老伴给人家洗衣服，二人以此过活。老人相信她绝对不会责怪他游手好闲，虽然她沉默到了坚不可摧的程度。但老婆之所以一语不发，是因为她没有任何权利。她只是看着老头子坐在茅屋门口；他从早到晚都在想心事。他双手放在膝盖上，偶尔一笑，似乎在计算一小时有多少秒。老人的嘴唇几乎令人难以察觉地嗡动着。老婆从他嘴唇读出的是“小可怜儿！”，从这句话里她发现里面有谴责的意思。

尽管如此，老人有两三次去看女孩。他从老伴那里偷了一块面包，嘟囔说去找活干，一大早就出门了。 老婆明白此话不真。

老人慢慢走着，时不时地靠在什么街头公园的树上歇歇脚，从地上拣起废报纸，准备休息时阅读。歇好之后，他继续走路，缓缓前行，穿过整座城市，来到往常安娜·玛丽亚等他吃午饭的花园里那株柳树旁边。

老人一眼就看见了树丛后面那双又大又蓝又亮的眼睛。女孩一看到老人的到来，就兴高采烈地过来，让她的老朋友抱起来越过铁丝网。于是，二人在柳树下吃啊，说啊，好像世界上没有任何东西可以打搅他们。

这样的处境，老太婆再也无法忍受了。这个家从来就没富裕过，现在所剩无几，岁月早就消耗了一切，马上就要垮台了。她终日苦干，玩命干活为的是克制一切感觉。但在完全投入那必然的结果之前，尚存的一丝力气促使她下了决定。

一天，她买了一包糖果，乘公交车前往工地旁边的那座花园，小女孩住的地方。她来到柳树下。花园确实很大，一片浓绿，一大片树林，阵阵凉风袭人，深不可测。在她附近，在树阴下，还有她丈夫热茶点火的痕迹。她坐下来等候。

忽然，她看到远处那女孩在小溪里淌水，飞溅的水沫洒在那雪白的身体上。一发现女孩的影子，老太婆的心里又惊又恨，难以开口。她站到铁丝网旁边，为的是让安娜·玛丽亚看见她之后跑过来。

可是安娜·玛丽亚没看见她。不过，女孩不再玩水，慢慢地，没等老太婆弄明白，女孩绕过灌木和杂草，向柳树走去，但在较远的地方隐藏起来。

于是，老太婆看到那双深蓝色的大眼睛，从隐藏处冷漠地望着她，以明显敌意的态度对待她。老太婆使出最后一点力气装出微笑。但女孩依然在灌木丛后面纹丝不动地望着她。

老太婆开始气馁了。一切都是白费。总是白费。作为最后一招，她掏出糖果，说：

“小姐，吃块糖吧？”

女孩摇摇头。老太婆再次坚持：

“甜着呐……”

“我不要……”安娜·玛丽亚回答说。

最后，老太婆一脸失败和沮丧。她刚要走，听到女孩过来的脚步声。

女孩盯着她喊：“坏，坏，坏！”老太婆望风而逃。

回到家中，她对老头说，有个她为人家洗衣的家庭早就求她去家里当佣人，不会缺吃少住。另外，邻居愿意加价租她和他住的茅屋。明天，她就要动身去当佣人了。夫妻陷入沉默中。后来，老汉觉得女人从房间角落里问她：

“那你怎么办啊？”

“不知道。”他高声答道。

女人吃惊地望着他。

老人有一个月没见到过女孩了。他太老啦，越来越疲倦，穿城而过走到城市的那一头几乎是不可能的事。

不过，明天，等老婆不在的时候，他要去跟女孩道别。其他的就无关紧要了。也许最好到某个没人烟的地方去，比如进山等死。他相信只要弯腰倒地想死，死神肯定会到来。

第二天，他拿上最后一块面包，一步一挪地来到安娜·玛丽亚的花园。这天是礼拜日。躲在街头公园树阴下的人们没看见他，因为他仿佛已经不在人世了。

女孩一如既往地在铁丝网旁边等他。正如他第一次看到她那样，他吃惊地看到女孩那样小，在大花园里她是那么孤单。

“真可怜啊！”他想，一面挨近她。

“亲爱的！”女孩一见他就低声说道。

他把她从铁丝网那边抱过来。安娜·玛丽亚搂住他，笑着亲吻他。

“我漂亮的小姐啊！”老人再三喊着，黑乎乎的双手抚摸着她。“你的包包呢？”过了一会儿，他低声问她。

安娜的表情突然变得阴沉了。她耸耸肩膀，说道：“不……不……”

二人在柳阴下待了好大会工夫，最后老人想起该走了。他把女孩放回铁丝网的那一侧。隔着铁丝网摸摸她的金发，低声说：

“永别了，小姐……”

她吃惊地望着他，似乎明白了一切。

“不，不，亲爱的，不……”她睁大了热泪盈眶的眼睛说。

“永别了……”他又说了一遍。

安娜用力拉住老人的手。突然，她好像有了什么好主意，笑了。她擦干眼泪，说道：

“等，等……包，包……”

老汉看到女孩消失在绿阴里，仿佛这是最后一次。女孩很小，很孤单的样子，从大花园的树木中间逃走了。

安娜·玛丽亚打开屋门，来到客厅，嘟嘟囔囔：

“包……，包……”她在厨房、小卧室、小橱柜里寻找。

可是没有找到。

在进入父母的卧室之前，她稍稍犹豫了片刻。但还是推开了房门。在充满嗡嗡声的绿光之下，那对夫妻慌忙脱离接触。二人一看见女儿，又羞又气，用被单遮住身子。女人的目光把女儿钉在了门口。

“傻丫头！”她一面叫喊一面坐了起来。

她头发乱蓬蓬的，用被单一角盖住裸体。

“你不知道不能打搅我们吗？”男的吼道。

“包！”安娜嘟囔道，目光在搜索整个房间，父母亲热的结果使空气污浊难闻。

“我跟你说过了：我不准你玩那个袋子。你会弄丢的。好啦……走吧！”

“把袋子给她！让她走……”男的低声劝她，拽拽被单盖住自己。

“那边呢，椅子上……行啦，走吧……”

女孩拿起袋子，跑了，没看父母。夫妻再次躺回床上，松了一口气，但不舒服。

安娜·玛丽亚一路穿过大花园，又跑又跳，像飞一样，飞跃小溪，头顶着落在林间冲淡一切的光柱。老人还在铁丝网那边等着她呢。女孩说：“抱……抱……”

老人抱起她，放在自己身边。他有些颤抖，因为太老了，因为他知道会发生些事情，具体的却一概不知。安娜·玛丽亚在他身边坐下，从袋子里掏出鞋子，恳求老人：

“鞋。穿上……”

老人跪在地上，用笨拙的手给她穿鞋。随后，二人起身，站在柳阴下，老人驼着背，面色发黑，身边是小女孩，臂上挎着包。他望着她，好像期盼着什么。安娜·玛丽亚于是冲他笑笑，如同往日美好的时光里一样，用深沉发亮的蓝眼睛望着老人。

她说："亲爱的……"

她拉起老人的手，让他走出柳阴，迎接夏季正午的烈日。她领路，牵着老人的手，说：

"走……走……"

老人跟着她走了。

兜　风

（献给玛贝尔·卡达伊）

一

发生这件事的时候，我还小。那时，我姑妈玛蒂尔德、我两个单身叔叔古斯塔沃和阿马多，和我父亲都还活着。如今，他们全都故去了。就是说，我宁可假设他们全都已过世，因为这样说起来比较容易，用过去绝对不会提出的问题再折磨人肯定是来不及了。没提问是因为那些重大事件似乎吓瘫了那几位兄弟姐妹，因恐怖致伤。后来，他们开始建造一堵遗忘或冷漠的大墙，要挡住一切，保持沉默，无需用瞎猜折磨自己。事情可能完全不是这样，有可能是我的想像力和记忆力背叛了我。无论如何，那时候，我只不过是个小孩，没必要让我分担调查的不安(假使有过这样的调查)，以及分担谈话的结果。

该怎么想呢？有时，我听见兄弟们压低嗓门慢慢说话，和往常一样，他们总是把自己关在书房里，但厚实的屋门漏出的只言片语，让我只听到他们说话的沉重语调。他们在说什么呢？我希望他们在里面说说真正重要的事；希望他们放下那冷冰冰的架子，说说心里的苦恼和疑惑，排遣一下。但我不太相信会是这样，我一面在书房门外的走廊里转悠，心里记下这样的信念：他们选择了遗忘，聚在一起仅仅是为了像往常一样讨论属于他们法律研究中的诉讼问题，是海洋法专业。如今我认为他们是对的：想要遗忘一切，因为干吗要整天瞎担心地生活呢？为什么要无谓地担心、被迫接受城市的街道会吞噬人，让人变成废物、不死不活、悬在危险的不安定的空间里这些恐惧呢？

尽管如此……

重大事件发生过后数月的一天，我发现父亲站在二楼阳台看着大街。空中乌云密布，潮湿的空气让臭椿树发蔫的大叶子低垂。我走到爸爸身边，急于听到他起码的说明：

“爸爸，您在这儿干什么呢？”我轻声问道。

爸爸回答时脸色突然变得很不耐烦，一扇板窗好像突然关闭，挡住了难堪的场面。

他答道：“没看见吗？我正在抽烟……”

他点了一支香烟。

这不是真话。我明白他为什么向大街两头张望，明白他为什么眼神忧郁、时不时地摸摸柔软的栗色鬓角，因为他希望看到某人重新出现，走在人行道的树阴下，身后紧跟着那只白狗。他真的有信心这么等下去吗？

渐渐地我发觉，不仅是我父亲，而且是所有的叔叔们，都在窗前转悠，好像在互相回避，不相互吐露自己在做什么；都想看看对面人行道上是否有人张望，能否看到父亲和叔叔们当中谁站在窗帘旁的身影，或者看到谁在窗后张望时出现的痛苦表情。

二

昨天，我从以前住过的宅院门前走过。有好多年我都没去过那一带了。以前那条街道用白坚木铺路；粗壮的臭椿树下，常常有隆隆作响的破电车通过。如今，没有白坚木铺路，也没有电车和树木了。但我们原来的住宅还在，窄窄地矗立在那里，好像一本被挤在新楼大块头中间的小册子；房子的一层有家商店，一个粗制滥造的广告牌上推销着毛衣，挂在二层两个阳台之间。

从前我们住在那里的时候，所有的房子都跟我家的一样，又窄又高。由于有孩子们在洒满阳光的人行道上游戏，小区里总是充满欢声笑语，再加上富裕人家女佣购物回来的说笑声。但我家里可没有欢乐。我说“没欢乐”，是为了不说“悲伤”，而我恰恰想说的是“悲伤”。“悲伤”也不一定合适，因为它有太多的定义、内涵、重量和自己的维度。而我家发生的事情刚好相反：是空缺，缺位，由于不知名字而无法补救，是既不沉重，又因其不存在而沉重的事。

我母亲去世时，我不满四岁，大家认为应该有个女人照顾我。由于玛蒂尔德姑妈是我们家族唯一的女性，又跟我的两个叔叔——古斯塔沃和阿马多住在一起，于是，这三个未婚的人就来我家住了，因为家里空荡荡的很宽敞。

玛蒂尔德姑妈在我身边，以特有的细致办事风格发挥着作用。我不怀疑她喜欢我，但我从来没有感受到有实实在在的爱把我俩联系在一起。她的爱中有某种僵硬的东西，跟家里的男人一样，亲情被幽禁在个人的领地里，不跳出禁区去表示团结。对这三人来说，表达感情的方式就是好好发挥作用，互相帮助，尤其是互相不打搅，绝对不打搅。也许三位觉得没必要换一种方式表达情感，因为三人的经历是共同的，历史是共同的，也许过去的故事都说腻了；过去可能有过种种柔情，如今在正确行动，无需多加解释的有用标志下，变得别具一格了。四兄妹之间的联系只剩下尊重了，他们保持缄默，各自走在回廊上。住宅很深，像一本小册子，只有窄窄的书脊面对街道。

我与玛蒂尔德姑妈当然没有共同的历史。我只不过是个对大人的阴暗动机一知半解的小孩，怎么能跟姑妈有共同历史呢？我一直渴望那被幽禁的亲情，换种方式表露出来，比如借助冲动或者借助一件傻事。但姑妈无法猜出我的渴望，因为她的注意力不在我身上，我是她生活中的外围，最多是个边缘人物，绝对不是中心。因为她生活的中心位置是由我父亲和两位叔叔占据的。玛蒂尔德姑妈是唯一的女孩——而且是个丑女——而她的兄弟个个都是美男子；她一明白自己不大可能谈婚论嫁；就一门心思地照顾起自己的兄弟了，她接送弟弟们上学，洗衣，做饭。她担任这些角色，没有半点奴性，而是感到自豪，因为她不怀疑兄弟们的高贵与杰出。另外，像所有女人一样，她有着极平庸的信念：身体健康，即使不是最主要的，也是头一位的，只要吃好、穿好、不受累就是干其他好事的基础。这不是说她缺衣少穿受了什么苦，而是物质匮乏让她着急；她一看到身边有饥寒交迫的，就立即采取措施解决，因为在一个本应是完美的世界里，缺衣少吃是错误的。另外，她不能容忍衣服不干净整齐，肉类不是上等品，雪茄烟受潮。玛蒂尔德姑妈无可争议的活力就在于此，这样的活力滋养着她兄弟们的高贵，同时她接受兄弟们的保护，因为他们是男子汉，比她更聪明、有力气。

晚饭后，依照家中多年来的古老仪式，玛蒂尔德姑妈到楼上各个卧室去，在每个兄弟房中整理床铺，用干瘦的双手一一拉开床罩。她在每个床脚放上一条长方形的披巾，因为他们怕冷；在床头上放个羽毛枕头，因为他们睡前要读书。然后，她在床边留下点燃的蜡烛，下楼去台球室，与兄弟们会合，喝咖啡，打几盘台球，随后，似乎是不等她要求，大家就纷纷穿上各自的睡衣，回到已经掀开一半的雪白被窝里去了。

可玛蒂尔德姑妈从来不给我掀开被子。我每每上楼回自己的房间就满怀希望想见到姑妈已经用熟练的双手为我掀开了被窝，但我总是不得不满足于负责铺床的女佣不大正统的风格。她一直不给我标明这个重要的身份，因为我不是她兄弟。她认为“不是我兄弟”是一种不幸，许多人为之受苦，实际上包括几乎所有的人，甚至也包括我，因为归根结底，我只是她一个兄弟的孩子罢了。

有时，玛蒂尔德姑妈命我去她房间。她在大窗前缝补，看我一眼，从不提问，她认定我的全部思想感情、爱好与思考都是她训话的结果，相信没什么能妨碍我百分之百地理解她的话。我聚精会神地听她的讲话。她称赞我得天独厚地出生在她兄弟的家中，因此可以与她所有的兄弟生活、接触。她谈起兄弟们与律师一道在复杂的海事诉讼中展现出的机敏的行动力和正直的品格，告诉我他们为自己的富足与荣誉所表现的热情，希望我一定要发扬光大。她给我解释什么叫扣押船上的铜货，什么叫小心拖轮碰撞造成的损伤，什么叫外轮滞留期的严重后果。这些对她来说就是生活，就是家里的一切问题。但是，她谈起船只来，表达不出来我所听见的夏夜从海上传来轮船粗犷鸣笛声中的魔力，那时夏天炎热难以入睡，我就登上顶楼，钻出天窗，眺望远方摇曳的灯火，还有那黑乎乎的城墙，对我来说它没有门，因为我生活的过去、现在和未来都是规定好的。玛蒂尔德姑妈没有道出鸣笛的魔力，因为她不了解，她生活里没有发生过，因为这不可能发生在死后上天堂的人们中间，他们命中注定要上青天，与我家上空一样的天空。小小的我注意听她讲话，目光盯住姑妈青衫上的一根白线随着窗口光线舞动。我有一种面对夏夜船只鸣笛而产生的无能为力的惆怅感，还有面对万家灯火的城市更是如此。夜间的城市很像星空，姑妈不承认那上面有什么秘密可言。面对姑妈为我描绘的安全世界、那条笔直的通向并不可怕的死亡之路，我就很高兴，因为生与死一样，没有什么偶然和不可预料的。因此，死并不可怕。就是最后干净、彻底的裁决，仅此而已。当然，地狱是存在的，但不是为我们准备的，而是为了惩罚城里的居民，或者惩罚那些造成破坏的无名水手的，官司打完之后，海损费就塞满了家族的金库。

玛蒂尔德姑妈全然没有防患于未然的想法，她不懂什么叫恐惧，因为我想恐惧与爱情是紧密相连的，所以我斗胆设想：她那个时期不喜欢任何人。但也许是我错了。按照她那孤僻、严厉的方式，有可能是一种亲情维系着她与兄弟们的关系。晚饭后，她和几个兄弟聚在台球室喝咖啡，打台球。我在一边陪着。面对这个并不包括我在内的亲情圈子，一想到维系他们亲情的纽带并没有扎紧的意思，我就感到痛苦。奇怪的是一想起老宅子，我的想象力就只让我回忆起灰色、阴暗、灰与黑相间的色调；但一回想起那个时刻，那台布不协调的绿色、红白相间的台球和装满白垩粉的蓝桶，就再度在我脑海里燃烧起来，矮脚灯照耀着它们，灯罩把房间里别的东西都打发到暗处去了。如同遵循家族的许多常规一样，玛蒂尔德姑妈单调的声音把几个兄弟轮流从暗处里拉出来，叫他们玩球：

"现在该你啦，古斯塔沃……"

古斯塔沃叔叔手握台球杆，俯身在绿色球桌上，灯光照得他的脸像白纸一样的薄。他高贵的气质因为过小的眯缝眼而大打折扣。他一打完球就回到暗处，去抽雪茄烟。轻烟袅袅而上，在黑暗的天花板上撞得粉碎。

他姐姐于是下令：

"好，该你了，阿马多……"

阿马多害羞的胖脸上长着一双蓝色的大眼睛，金丝边眼镜后面有些许阴影，他俯身在灯下。一般的情况下，他玩得不好，因为他是“孩子”，这是玛蒂尔德姑妈有时候的叫法。听完大家对他玩法的评论后，他就缩回报纸后面去了。于是，玛蒂尔德姑妈下令：

“佩德罗，该你啦！”

望着我父亲弯腰打球的姿势，我屏住了呼吸，看着他是如何服从姐姐的指挥；我揪着心，暗暗恳求父亲造反，不听从这预定的常规。自然，我不能意识到这严格的常规本身就是他们针对混乱而发明的造反行为，不让无法说明和解决的棘手问题来打搅他们。于是，我父亲俯身在绿台布上，慢慢目测台球的距离和位置。击球时，他吹了口气，嘴边的胡须微微飘动。接着，他把球杆递给了我，让我擦白垩粉。这样，凭借着父亲委派给我的这个小角色，我至少在外围接触了一下父亲与姐弟间联系的圈子，尽管只是打个擦边球。

随后轮到玛蒂尔德姑妈击球。她是最好的玩家。我一看见她那张丑陋的面孔，仿佛是用兄弟们长相的缺点构成的，一看见她来到灯光下，我就知道她准赢，必定会胜利。但是……当某位兄弟偶然打败了她时，我不是看见了她那缩成一团的丑脸上露出一丝快乐的眼神吗？之所以有一点点快乐，是因为尽管她想笑，但从来没打算让兄弟取胜。这样会把神秘的亲情因素引入不该包括的游戏之中，因为亲情就该原地不动，别去破坏台球连击的确定现实。

三

我一直不喜欢狗。也许我小时候让狗吓到过。我不记得了。但一直不喜欢。不管怎样，那时候不管我喜欢不喜欢动物都没用，因为家中没狗，再说，我很少上街，狗没什么机会打搅我。在我叔叔、姑妈、父母眼里，动物的世界是不存在的。当然啦，母牛可提供周日用银盘送上的饭后奶油；而鸟儿们则在天亮时站在白杨树冠上啾啾地唱个不停，这是小小后花园里唯一的客人。但动物世界存在的条件只能是它们必须给人类作贡献。那么说善于谄媚的狗作为城里的动物，甚至没在我叔叔、姑妈、父母脑海里闪过有存在的可能性。

不错，有时我们在礼拜天做完弥撒回家时，有些狗在路上与我们偶遇，但不承认它们的存在是易如反掌的事。玛蒂尔德姑妈总是和我走在前面，她干脆不瞧狗一眼。在我们身后几步，我父亲和叔叔们关心的是极其重要的问题，哪会注意到野狗这样的俗事。

有时为了参加圣餐会，我和玛蒂尔德姑妈一大早去做弥撒。在领圣餐时，我很少能聚精会神，因为我常常想到她在目不转睛地监视着我，这在我的意识里占据着首位。就算她目光注视着圣坛，或者在圣像面前低头，我只要一动就能引起她的注意，结果是一走出教堂，她就装出责备的神情告诉我：一定是板凳上有个跳蚤妨碍了我认真思考——死亡是可预见的善终，妨碍我们认真恳求上帝别让我死得太痛苦，为此才要做弥撒、祷告和领圣餐。

那是个早晨。

一场毛毛细雨眼看要变成大暴雨天。白坚木铺的道路呈扇形向人行道展开，清晰发亮的路面已经被电车铁轨抹掉。由于我感到很冷，希望赶紧回家，便加快了步伐，旁边是为我撑伞的玛蒂尔德姑妈。行人寥寥，因为是大清早。一位肤色黝黑的先生向我们打着招呼，但由于下雨的缘故他并未脱帽。于是，我姑妈为了吸引我的注意，反复强调她对混血人种的蔑视，但是忽然间，在我们的路旁，一辆电车没等我看见，便猛然刹车，这迫使姑妈闭嘴。司机从小窗口伸出脑袋来吼道：

“蠢狗！”

我俩停步张望。

一只小白狗几乎是从两个车轮间钻出来，一瘸一拐费力地跑着，夹着尾巴逃进了一家大门槛。电车又开动了。

玛蒂尔德姑妈骂道：“这些狗坏透了，放出来乱跑……”

我俩继续前行，经过那家门前，看到那只小白狗蜷缩在角落里。它又白又小，腿很短，难以支撑腰身；丑陋的尖嘴巴表明它来源于街上杂交的血统，是在垃圾桶和港口的废物堆中寻食的野狗后代。小白狗浑身湿漉漉的，软弱无力，因寒冷或发烧而哆嗦着。从小白狗面前走过时，我发觉一件怪事情：我姑妈瞅了小白狗一眼，白狗的眼睛也看了我姑妈一下。我没看见姑妈的表情，只看到白狗看了她一眼，无论那眼神有什么意思，反正是注意到她了。

我俩继续往家的方向走。走了一段路之后，我几乎忘记了小白狗的存在，而我姑妈却吓了我一跳，因为她突然转身喊道：

“去！滚开！”

她转身得真是及时，因为她发现小白狗就跟在我们身后，我吃惊之余，浑身一抖，脑海里冒出一个疑问：她怎么知道身后有只狗呢？她不可能听见狗的脚步声，因为狗在我们身后较远的地方。但她确信身后有狗，莫非她与狗对视的眼神中包含有什么秘密的承诺、忠诚的保证，而我没有察觉？我只看到对方的目光是不假思索的，因为狗勉强抬起头看了看我姑妈，而我姑妈仅仅是斜视。我不知道。但不管怎样，她转身轰着小狗，一声短促而坚决的“去！”就表达出远离理应要接受的命运安排的声音。可能根据后来发生的事令我这么说，可能我的想像力把浅薄的东西赋予了含义。虽说如此，我敢保证当时我真的吃了一惊，几乎是害怕，看到姑妈突然失去了尊严，去屈尊转身不顾形象地对待一条又脏又病的小狗：而它仅仅是由于无关紧要的理由跟在我们身后。

我们到了家，上了台阶，小白狗留在下面，从刚刚下起的暴雨中望着我们。进了家门，领圣体后吃早餐的愉快过程抹去了我对小白狗的印象。我从来没有像那天上午那样，觉得待在家里实在是太安全了。因为大墙与外部世界的隔绝让我感到无比的高兴。上午其余的时间我都做了些什么呢？记不清楚了，但是估计会像往常一样：看杂志，做作业，在楼梯上玩耍、下楼去厨房问问礼拜天的午饭有什么。

在我上上下下地在空屋里转悠的时候——叔叔们礼拜天借口下雨不去教堂，有一次我掀起窗帘，看看暴雨有没有减弱。急雨依旧。我再次看到那小白狗站在台阶下发抖，一面向我家里窥探。我放下窗帘，不去看它湿漉漉的一副仿佛被蛊惑的模样。忽然从我身后客厅深处传来玛蒂尔德姑妈低沉的声音，她正弯腰点燃壁炉里备好的干柴。她问我：

“还在那里吗？”

“谁？”

我知道她说的是谁。

“小白狗……”

我回答说，它还在。可我的声音吐字时不肯定，好像姑妈的问话推倒了保护我们的大墙，让疾风暴雨无情地在我家落户。

四

那大概是本年冬季最后的一场大雨了，因为我清楚地记得随后几天就放晴了，夜晚的空气开始温暖起来。

小白狗继续待在我家门外，总是一副提心吊胆的样子，窥视着窗户，好像在寻找着什么人。早晨，我去上学时，总是打算把它轰走，可只要我一上公交车，就看见它从街角或路灯后面胆怯地钻出来。女佣们也极力轰它，但她们像我一样，白费力气，因为小白狗总是又重新回来，仿佛停留在我家附近是一个不得不服从的愿望，哪怕有危险。

一天夜里，全家睡觉前在楼梯下面互道晚安。每次总是古斯塔沃叔叔张罗此事，他早就熄掉了楼下的电灯，只留下楼梯口的一盏，在过厅的家具之间留下一块空间。玛蒂尔德姑妈嘱咐阿马多叔叔打开他房间的窗户，换换空气，忽然她哑口无言，互道晚安的话还没有说完，我们大家上楼的动作也停止了。

我父亲返回一阶，问道：

“怎么啦？”

“你们上去！”玛蒂尔德姑妈低声道，转身看看过厅的暗处。

我们并没有上楼。

通常宽敞的客厅此刻十分安静，一个什么小物件——旧纸和墙壁间滑动的土粒、木器的吱吱声、碎玻璃片的抖动——的动静都会清晰可闻；那短暂的一两秒钟会塞满了回声。除我们之外，还有什么东西也在厅里。一个白色的小东西蹲在通往厨房的门口，在暗处凸显出来。是小白狗！它一瘸一拐地穿过门厅慢慢地向玛蒂尔德姑妈走去，看也不看她就在她脚下卧倒了。

似乎小白狗停止动作后我们这些看它表演的人们才活动起来。我父亲向下走了两个台阶，古斯塔沃叔叔开了电灯，阿马多叔叔迈着沉重的脚步上楼回自己的卧室去了。

“这是什么？”我父亲问道。

玛蒂尔德姑妈一动也不动。

突然，她发问道：“它是怎么进来的呢？”

她这一问好像是在赞扬这样的壮举：跳过破烂的围墙，要么就是从破窗户潜入地下室，要么就是嘲弄了女佣们的监视从偶然敞开的屋门溜进过厅。

“玛蒂尔德，叫人把它弄出去！”我父亲说道，然后上楼去了，后面跟着古斯塔沃叔叔。

我和她留下来望着小白狗。

“它脏透了。”姑妈低声说。“还在发烧。瞧，有伤……”

姑妈叫来一个女佣把它抱走，同时还吩咐给它吃的，第二天去看兽医。

“它能留在家里吗？”我问。

“它这个样子怎么能上街呢？”姑妈嘟囔道。“它的病好了才能上街嘛。得让它快点好起来，我不愿意家里有动物。”

接着，她又加了一句。

“你上楼睡觉去吧！”

她跟着抱狗的女佣走了。

我承认姑妈办事一向雷厉风行，要诸事都妥当；也承认她办事的能力和经验，这让她毋庸置疑地成为家事的主宰者，在她自己的权限内绝对自信，她认为唯一必须做的就是解决瑕疵，改正非故意性质但状态不良的错误。因此，小白狗的病必须痊愈。她要亲自负责此事，因为小白狗已经进入她的权限范围之内。她要亲自监督医生用绷带包扎小白狗的伤腿，当然要绑上橡皮膏和敷料保护起来；她亲自用消毒液给它清洗脓疮，弄得小狗呻吟不已。但姑妈肯定不予理睬，她相信，十分确信她做的一切都是为狗好。

事情果然如此。

小白狗留在家里了。我并没有看见它，但我熟悉家中各位的平衡关系，因为任何外来物的出现，哪怕它待在地下室，都可能在我们习惯的生活中造成一种不平衡性。种种迹象告诉我小狗跟我住在同一个屋檐下了。也许这迹象不好估量。有时，我看见姑妈戴着橡皮手套，端着一个装有红色液体的小瓶子。我去地下室欣赏大人刚刚送给我的自行车，在地下室过道上发现放有碎肉的盘子。有时我还听见一声可疑的狗叫声，声音很弱，大概是墙壁和楼板隔音的结果。

一天下午，我下楼去厨房。小白狗进来了，它浑身被红色消炎药染得像个小丑。女佣们毫不客气地轰它出去。我看到它走路已经不瘸了，它的尾巴从前是低垂的，如今像羽毛一样弯曲着，露出难看的臀部。

那天下午，我问玛蒂尔德姑妈：

“什么时候轰它走啊？”

“轰谁？”她问我。

其实她心里很明白。

“小白狗啊！”

“它还没好利落呢。”她答道。

后来，我本想追问，告诉她：小白狗就算没痊愈，可是肯定不妨碍它登上垃圾筒去寻找食物。可我没问，因为我想正是那天夜里姑妈输了第一局球之后，就决定不再玩了。兄弟们继续玩下去，她坐在皮沙发上，一一指挥该谁上场。忽然，姑妈把名字的顺序搞错了。他们稍稍乱了片刻，但顺序很快就恢复了，因为兄弟们拒绝情况不利下的偶然混乱。这在以前我也见过。

那情景仿佛玛蒂尔德姑妈不在场似的。她一如既往地在我旁边讲话。厚厚的毛毯一如既往地吸收了她双脚的声音。她的双手静静地放在裙子上——也许比以往更平静。怎么可能感觉不到一个人心在别处而确定她是走神呢？她只是心不在焉，而她一一呼喊兄弟的声音则带有无用的意思，因为声音源于别处。

随后几个夜晚的情形也是一样的，被她那心不在焉几乎看不见的懈怠所搅乱。她彻底不参加击球游戏了，也不管吆喝兄弟轮流上阵的差事了。他们好像没有察觉，但也可能察觉了，因为每场比赛的时间缩短了。我发现兄弟们对她的尊重少有增加。

一天晚上，我们走出餐厅的时候，小白狗出现在过厅，加入了家庭的行列。兄弟们一如既往地在书房门口等玛蒂尔德姑妈先走，请她先进台球室。这一次，小白狗姿态洒脱地跟在她后面。兄弟们没有任何议论，仿佛没有看到它，像每晚一样开始玩球。

小白狗坐在玛蒂尔德姑妈的脚下，非常安静，活泼的眼神扫视着台球室，追踪着玩家的动作，好像这一切让它十分开心。如今它胖了，毛发发亮，全身从翕动的口鼻到时时摇晃的尾巴都显得活力充沛。它在家里有多长时间了？一个月？可能还多些。在这一个多月里，玛蒂尔德姑妈强迫它接受治疗，照料它吃睡，虽不露柔情，可是瘦瘦的双手十分聪明地修补好了它伤残的部位。是她治好了它的烂疮，面对它的痛苦和呻吟，她不动声色。它的腿已经痊愈了。是她给它消炎，喂食，洗澡；如今小白狗是健壮的生物了。

尽管如此，所有这一切似乎都不能把小白狗与姑妈协调在一起。姑妈接受它，就像那天晚上我叔叔和父亲接受它出现一样，因为如果拒绝它来家里等于重视它，可对他们来说，它不可能那么重要。我看玛蒂尔德姑妈安静，深居简出，满足于接受这么一个不会乱碰她东西的生物；现在我们分摊地毯和空间的成员是六位啦。

一次玩球时，手笨的阿马多叔叔把白垩粉扔到了地上。小白狗立刻像被弹簧弹起来一样（与它过去流浪街头的习惯有关）向白垩粉块扑去，从阿马多叔叔手中抢走了他刚刚捡起来的粉块，叼在嘴里跑了。这时，发生了一件令人惊讶的事情：玛蒂尔德姑妈仿佛突然融化了一样放声大笑，全身抖动，无法停止，有好几秒钟之久。大家都惊呆了。小白狗听见她的笑声，丢掉粉块，摇晃着尾巴向她跑去，跳到她裙子上。姑妈的笑声逐渐减弱了。可是阿马多叔叔受到了侮辱，离开了台球室，不看这由于荒唐东西的闯入而导致秩序崩溃的情景。我父亲和古斯塔沃叔叔继续玩球；现在最重要的是不看、什么也不看、什么也不说、对任何事都装聋作哑，或许这样可以阻止事情的发展。

我不觉得姑妈的大笑是因为有什么可乐的地方。显而易见的是，一定有什么不可捉摸的因素刺激了她。小白狗在她裙子上安静下来了。台球碰撞时的噼啪声，清脆而响亮，似乎在引导姑妈的手从沙发到裙子上，最后落到打盹的小白狗的脊背上。一看到这冷若冰霜的手落在了狗的身上，我便发现原来我没察觉姑妈的脸上还会有如此紧张不安的表情——一直以为是尊严——现在消失了，安详的神态让她的表情柔和了许多。我忍不住了，服从比毅力更强大的冲动，我走到她身边的沙发前。我盼望她用眼神叫我，或者冲我一笑。但她没有，因为她和小白狗刚建立的关系太排外了，那里没有我的位子。只有狗和她心连心。尽管我不乐意，我是局外人。其余的人，我叔叔和父亲是与世隔绝的，因为他们不理睬姑妈敢于接受的危险邀请。

五

我下午放学归来，就直接去了地下室，骑上我的新自行车，在院子深处窄窄的花园里兜着圈子，花园中央有棵白杨树和两把铁制的长靠背椅。墙那边，邻居家的核桃树开始展露淡淡的春色，但我不管季节的变化和春天的礼物，因为有更严重的事情要考虑。因为我知道不到盛夏不能把花园变成非去不可的地方，家里没人下楼，因此对我思考家中的事来说，这是最佳之地。

表面上看，家中没发生什么。但是，面对我姑妈和小白狗之间建立的奇怪关系，怎么能无动于衷呢？这就好像我姑妈辛辛苦苦为大家服务又甘心于简朴的生活之后，终于找到了知音，找到了可以说知心话的人，如同贵妇人之间那样，过一种充满热情和细心照顾的亲密生活。她和小白狗吃盒装的巧克力，那些纸盒用花花绿绿的带子包扎着。我姑妈在高高的玻璃果盘上摆放了橘子、菠萝、葡萄。小白狗望着她，好像在批评她的口味，或者是打算给她提意见。这就好像是她发现在这个共同分享快乐的活计中有个更宽松的生活领域，因此现在她面对这个新感情世界别的一切都失去了重要性。

每当我从她房间门前走过的时候，就听见类似那天晚上推翻她旧生活秩序的哈哈大笑声，或者听见她在谈话——不是自言自语，而是跟一位交谈者聊天，可我又听不到对方的声音。这就是新生活啊。小白狗，那个始作俑者，睡在她房间的一个篮子里，是个精美的、女用的、照我看来简直荒唐的篮子。小白狗跟在她身后到处走，只有餐厅除外。对它来说那里是禁区，但它在外面恭候着女友，跟她去书房或台球室，根据我们的位置而定。小白狗坐在姑妈身边，或者是裙子上，时不时地交换着互相理解的亲密眼色。我觉得小白狗比我姑妈还强势，它经常向我姑妈展示或教授陌生的玩意儿。姑妈完全信服狗的经验了。

我常常想：这怎么可能呢？为什么她一定要等到现在才终于超越自我、第一次在自己的生活中建立一种对话关系呢？有时，我看到她面对小白狗时举棋不定，好像担心有一天小白狗走了，丢下她一个人，让全部财富压在她手上。或许她还为它的健康担心？这太奇怪了。这些想法飘浮不定，好像脑海里悬着一些斑点，与此同时，耳边传来我的自行车轮子轧在小路沙石上的沙沙响。我脑海里清晰的意识则是很想大病一场，看看我是不是也能建立起类似的关系。因为小白狗的病是这一切的起因。没有这个原因，我姑妈绝对不会和它建立联系的。可我健壮得就像铁打的；再说显而易见的是我姑妈的心胸里一时只能装下一种爱；尤其是这爱正博大的时候。

我父亲和我叔叔们似乎没察觉到什么变化。小白狗很安静，逐渐地放弃了流落街头的举止，似乎有了与姑妈相般配的风度，但保留了母狗的全部性情，生活的艰难都不曾遮掩住它的好情绪以及冒险的爱好。父亲、叔叔们认为，接纳它比拒绝它更容易，因为假如拒绝它，那至少会危及他们的议论，甚至不愉快地修改他们的安全法则。

一天夜里，当柠檬汁罐早已放在书房靠墙壁桌上的时候，那里黑暗的角落都变得凉爽起来，所有的窗户都已经打开通风孔。我父亲一进台球室就猛然收住了脚步。

他望着地面吼叫起来："这是什么啊？"

三个男子汉惊愕不已，驻足观看打过蜡的地板上有小小一摊狗尿。

古斯塔沃叔叔喊道："玛蒂尔德！"

她走过来瞧了瞧，羞得脸红了。小白狗早已藏到隔壁房间的台球桌下面去了。我父亲向台球桌走过去的时候，看到了它，于是突然改变了方向，离开了台球室，后面跟着两位弟弟，三人回卧室去了，各自无声无息地关在自己房间里。

姑妈什么也没说。她上楼回自己房间去了，后面跟着小白狗。我留在书房里，手里端着一杯柠檬汁，望着夏日的夜空，听着、听着、焦急地等待远方轮船的鸣笛声，还有那座陌生、可怕、又令人向往的城市喧嚣的声音，它在星空下扩散开来。

忽然，我听见了姑妈下楼的声音。她出现了，戴着帽子，手里拿着钥匙，叮当作响。

“睡觉去吧！”她说。“我带它上街遛遛，让它大小便。”

后来，她又补充一句让我心颤的话：

“夜色真美啊……”

她出去了。

从那天夜里以后，姑妈晚饭后不再上楼给兄弟们掀被窝，而是去自己的房间，戴好帽子，下楼，一路上弄得钥匙叮当作响。她带小狗上街，不跟任何人打招呼。父亲、叔叔和我则留在台球室；天更热以后，我们坐在长靠背椅子上，耳听白杨树“刷刷”作响，眼望头顶上的晴空。大家一直不谈玛蒂尔德姑妈的夜间兜风，一直不以任何方式表示发现了自从一个打乱全部秩序的家伙进门后家里发生的某种重要的变化。

起初，姑妈在外面的时间最多二十分钟或半个小时，很快就回来跟我们一起喝点什么，议论些琐事。后来，她出去的时间无法理解地一再延长。她已经不是出于卫生原因带狗散步的贵妇人了；她在外面，街上，城里，有什么东西、强大的东西把她给吸引住了。我父亲在等候她的时候，时不时瞟一眼怀表；要是拖延的时间很长，我叔叔古斯塔沃就上二楼的客厅，好像把什么东西忘在那里了，从阳台上向外张望。但大家都保持缄默。有一次，姑妈出去的时间长得过分了，我父亲在两侧种有绣球花坛的弯曲小径上走了一次又一次，那些绣球好像蓝眼睛一样仰望着天空。阿马多叔叔打翻了一杯咖啡。我看着父亲和两位叔叔，盼望他们最终会发作起来，会说些什么，会表示焦急，以填补这一再延长的时间、玛蒂尔德姑妈不在家的时间。十二点半的时候，她回来了。

她笑着问道："干吗还站着等我？"

她把帽子拿在手中，平时梳理得整整齐齐的头发，现在变成乱蓬蓬的一团。我注意到漂亮的皮鞋外沿沾着一圈泥巴。

"出什么事了？"

"没事。"这是她的回答，以此永远抹杀了兄弟们干涉她私人时间（无论是快乐还是悲伤还是乏味）活动的权利，因为现在这活动是她的生活。

我之所以说是她的生活，因为在她带着也沾了泥巴的小白狗上楼之前与我们在一起的几分钟里，我发觉她的眼神里有股兴奋劲，有股类似小白狗眼中的欢快躁动，仿佛刚刚看了从未见过的什么场面，而我们则是没有机会去看的。女主人和小白狗成了伴侣。夜色在保护她和它。那该是城市的喧闹，该是船只的鸣笛声：穿越码头、街道、工厂、公园上空进入我的耳中。

姑妈遛狗的活动持续了一段时间。如今，晚饭过后，我们立刻分手道别，各自回到自己的房间。但我父亲、两位叔叔和我都要等到她回家后才入睡。有时她回来很晚，晚得厉害，一直到曙光映照在我家的白杨树上才进家门。只有听到她关了自己寝室的门，停止了她在房中的脚步声（我父亲估算出来的）；或者某位叔叔的寝室窗户终于关上了，方才结束这并无危险的一夜。

有一次，我听见姑妈在上楼时已经很晚了，由于我觉得她好像在唱歌，唱一首轻柔的曲子，唱得十分甜蜜，我就开了门缝，窥视外面。我看到姑妈从我们门前经过，她怀里抱着小白狗，脸色惊人地年轻、漂亮，虽说不大干净；我还看见她裙子上撕破了一块，心想这个女人什么都干得出来，将来会有好果子吃的。我提心吊胆地上了床，心想末日就要到了。

果然没错。因为一天夜里，就距离上次不久，姑妈晚饭后又出去遛狗，从此就再也没有回家。

我们等了她整整一宿，每个人都站在自己的房间里。可她没有回来。次日，大家谁也没说什么，但依旧沉默地等待。我们静静地转悠，似乎并不情愿；家里的窗户开着，等待着她回来。从那一天起，恐惧打翻了兄弟三人脸上和谐的尊严，不久就让他们苍老了许多。

等我大着胆子问厨娘的时候，她回答说："你姑妈旅行去了。"

可我知道这不是真话。

家里的生活依然如故，好像玛蒂尔德姑妈依旧生活在我们中间。不错，三兄弟依然经常在书房里碰头，也许是闭门说话，为的是冲破孤独、恐惧的大墙，释放出恐惧与怀疑的情绪。但我不能肯定。有个客人(显然不是我们这个圈子的)来过好几次，三兄弟闭门与这位客人交谈。但我想不是来传达关于她下落的消息的，或许只不过是码头装卸工工会头目来要什么事故赔偿的。书房的门太厚实了，太沉重了，我始终不知道玛蒂尔德姑妈在小白狗的带领下是不是在城市里迷了路，死在了某处，或者迷失在她和小狗都感觉特别神秘的地方。

小工

（献给伊内斯·费盖罗阿）

从小我就知道“小工”的问题在我家是大事。谁去打蜡呀？谁管检查屋顶啊？入冬前谁给房上的瓦抹油啊？谁清洗玻璃？谁打扫壁炉？谁修理最近因飓风吹翻的鸡窝啊？答案是一成不变的：“小工”。

可“小工”属于流动、稀缺、品质极差的一族，因此“小工”危机经常发生又迫在眉睫。我母亲一看到急事成堆就急得要命，就找我父亲帮她解决“小工”的问题。可我父亲视线不离他的医学著作，嘀咕着说：

“你干吗不对玛丽亚·萨利纳斯说？或者去范妮家借个‘小工’来。她们从来不缺……”

“你真是住在月亮上……”我母亲嘟囔道。

母亲说着责怪的话，伤心地上楼回自己房间去了。与此同时，我父亲一听见她走远，便重新钻进医书里。在他妻子看来，凡是不知道家务难办的人都生活在“现实”之外，也就是说在“月亮”上。

我和我弟弟共住一个房间。晚上，熄灯之后，我俩慢慢打开百叶窗，探身到窗外的常春藤里。在静悄悄的夏夜里，外面传来有人用水管浇草坪的流水声。有时，我俩看到我们的大牧羊犬“奇纳”

在远处月下的花丛里寻觅着什么。我弟弟说，他能从已经爬到对面屋顶的柠檬色月亮的大脸盘里看出父亲的面庞。我则相反，正等着月亮爬到花园的上空，像好心的巫师飞向卫星那样，里面会有我妈说的一个家，那是为不太懂缺了“小工”是真正家务灾难的人准备的地方。

“小工”很少在家里待很长时间。有些“小工”起初好像尽善尽美，可是不久就暴露出既不诚实也不积极，于是就被告之：不必再出工了。有些不常来的“小工”愚蠢地与我们的厨房里的女独裁者玛丽亚·巴耶霍为敌。于是这位厉害的女厨师就把给“小工”吃的饭菜份量减少、而且态度不好，“小工”们就自己决定不再开工了。但绝大部分的“小工”想走就走，去寻找自由或寻找什么模棱两可的地方，然后再回来找工作，不过间隔很长。

来我家间歇性工作的“小工”很多很多，但随后就不见了。比如那个古乔，他一只眼旁边有个天蓝色的斑痕。再比如，那个安布罗西奥，可能当过圣器的看管人，身上还有油味和斑点。再比如傻瓜胡安，加上“傻瓜”是为了区别另外一个同名的胡安。

比较起来，我印象最深的是胡安·毕斯卡拉，他是“小工”中最棒的模范，在我们家待的时间最长，虽然有间隔。

一天下午，我母亲满面喜悦地回到家中。她把帽子随便一扔，然后对着门口的穿衣镜轻轻地梳理头发，再瞥了一眼镜中的身影，走到我父亲身边吻了一下，后者正在壁炉旁边看书。她在他身旁坐下。他对她侧目而视，猜到了老婆肯定是解决了什么家务难题。他含含糊糊地说：

“你的样子很高兴啊……”

那时我七岁。可由于我知道母亲喜欢别人用恳求的话哄她吐出心里的担忧，所以听她说出下面这句话并不惊讶：

“嗯，对，差不多吧……”

我父亲仍然埋头看书，一直等到老婆实在忍耐不住把一切都说出来。我母亲一如既往地扫视了一下整个客厅，看看有何不妥之处，找找什么东西放的位置不对。突然，她注意到了我。我靠在大牧羊犬“奇纳”的身边，正饶有兴趣地剪下旧杂志上的图画；“奇纳”的肚皮就像我母亲的腹部一样，近几个月来奇迹般地膨胀起来了。我的袜子和皮鞋上沾了泥巴，因为此前我避开家中的一切监视手段，独自一人在雨中的花园里玩了整整一个下午。

“你怎么这么脏啊？”

真是老一套，我继续剪画报。

“你为什么这么脏啊？我不是说过吗：下雨天不许你到花园里玩？我一出门，家里就翻了天！我不知道你们都在想什么呢！人人都活在月亮上！瞧瞧你爸爸吧！你以为他一头钻进书本里，就明白事情的实际情况？”

她眨眨眼睛，准备哭鼻子。我父亲摘下眼镜，把它夹在正读的那一页上，把书合起来。他伸胳膊搂住了妻子，把她抱在怀中。她起初做抵抗状，后来让了步，二人贴在一起，轻声细语地说了起来。我父亲陶醉地听老婆娓娓道来：

“……到最后我才让特雷莎借我用用她的‘小工’。可你瞧费了多大力气才说服她啊！不错，他还只是个小孩子，可大家都说他老实、能干活啊。明天就来这里工作……”

夫妻继续聊天，这时内容已经转到我听不懂的话题上了。对爹娘来说，我已经不存在了。大牧羊犬在壁炉对面缩成特别大的一团，发出了鼾声。趁没人注意，我收拾了剪报，悄悄上楼回到我的房间去了。

第二天，胡安·毕斯卡拉露面了。那时，他是十七岁的小伙子，充满了青春活力，皮肤黝黑，比我大十岁。他的腿较短，脖子粗，身板壮，肌肉发达。大脸盘突然一笑时，嘴巴宽宽的，似乎要波及整个面部。

那天下午，我从幼儿园回到家，远远看见他站在屋檐排水管的最高处。他在吹口哨，令人惊讶地准确和生动，正在吹一首轻快的歌谣。他在屋檐上稳稳当当地大步走着，如履平地。

我对着给我拿书包的女佣说："他会摔下来的。"

胡安转过身来，像走钢丝一样保持着平衡。

他站在屋顶喊道："你好，小毛孩！"

看到他边说边手舞足蹈，我靠近女佣，声音更低地说：

"他会摔下来的……"

胡安不像一般人那样下梯子，而是双手吊在横杠上一松手下降，像杂技演员。

到了地面上，他像马戏团的小丑那样一鞠躬，特别的逼真，让我发笑。女佣拉住我的手，把我拽进家门，因为茶点已经准备好了。她和几个女佣开始围着我叽叽喳喳地说个不停，来来回回端茶送点心。可我今天不是她们注意的对象，因为从她们的话中我得知胡安已经把她们给迷住了。玛丽亚·巴耶霍黑得像木炭，却讨厌肤色发黑的人。对她来说，世上最大的美德，除去信仰圣徒安东尼奥之外，就是脸蛋要白净，头发要金黄，因此听见她这样对女佣说，我吃了一惊：

"告诉你，丫头，胡安·毕斯卡拉是黑人，但和蔼可亲，是那种最可亲、最能干的人……"

她赞美得如此热情，真是不寻常，因为三个伺候我们吃饭的女子通常总是用相当怀疑的态度看待"小工"。因此，"小工"很少能在厨房里跟她们一起吃饭。"小工"的饭菜总是摆在宅子的外面，覆盆子花丛后面，我们称之为“洗衣池”的斜坡上。另外，女佣们总是严密监视“小工”，看看他们干活是否诚实和努力。但我不为胡安的午饭担心，因为他肯定和女佣们一道进餐，肯定能得到鸡大腿，甚至得到我父亲喝的优质的葡萄酒。

胡安·毕斯卡拉开始有规律地来我家干活了。我母亲虽然分娩在即，却心情舒畅，为有如此完美的“小工”而高兴。

大人告诉我俩，奶奶从巴黎寄出的小弟弟马上就要到了。但我们通过一些大人谈话的内容，猜出来我母亲鼓胀的腹部一定与小弟弟的到来有什么神秘的联系。奇怪的是同样的情况也发生在大牧羊犬“奇纳”身上，虽然我们从未听说奶奶寄来的礼物里还包括小狗。这联系太让人不解了。

到了晚上，在卧室里，我俩因为种种不确定性而猜测得精疲力竭。熄灯后，寂静沉重地压了下来。渐渐地我弟弟有节奏的呼吸声打破了寂静和黑暗；白色的气流从他被子和枕头里呼出。

“喂！”忽然，他低声叫了一下。

“什么事？”

“明天要把咱俩送到特雷莎阿姨家去了。”

“为什么？”

“因为明天小弟弟要来了。”

我俩不吭声了。忽然，我听见弟弟压抑的抽泣声。

“怎么啦？”

“没事……”

“那就闭嘴……”

“可‘奇纳’在叫唤，玛丽亚·巴耶霍说它要死啦。它的肚子也像妈妈一样鼓起来了……”

“别犯傻！”

第二天一大清早我俩就被送到特雷莎阿姨家去了，就在下个街区。但是到了下午吃茶点以后，我们等到摆上鸡蛋面包、蜜饯番木瓜和甜饼，吃完就溜回家去了。胡安·毕斯卡拉为我俩打开了栅栏门。

“你俩这样，他们会生气的。”他警告说。“小弟弟要出生啦。”

我俩不知该如何是好，该问什么呢。我俩等胡安来解释大人瞒着我们的话和事。他是唯一可信赖的人。

“来！我把你俩藏起来，免得大人惩罚你们。”

他拉住我俩的手，领我俩去“洗衣池”。

在一个黑暗的地方，“奇纳”躺在一块草垫上。它没像往常那样起来摇摇尾巴，而是狗脑袋靠在前腿上，看着我们。

我弟弟问道：“它会死吗？”他嘴唇颤抖，两边还挂着甜饼渣。

胡安回答说不会。我几乎要哭了，问他：“我妈会死吗？”胡安笑着说：“当然不会，她身体很好。”

“那‘奇纳’怎么会病了呢？”

“过来！靠近点！看！”他低声说。

我们三人跪在草垫旁边。两只花白的闭着眼的肉球叼着母狗的乳头。“奇纳”软弱无力地摇了一下尾巴。它停止摇晃后，胡安变得严肃起来。

我俩屏住呼吸、目不转睛地观看“小工”的操作，帮助最后一只小狗出生。望着胡安正在做的事，我险些笑出声来，可是“奇纳”一声极微弱的呻吟迫使我努力注意到正在发生的事情。小狗崽湿漉漉地出生了，浑身裹了一层咖啡色的黏液。母狗把它舔干净之后，用鼻子尖再三顶着狗崽，用爪子去推，可狗崽儿一动不动，像堆破布。我弟弟低声哭了起来。我也热泪盈眶。我之所以忍住没哭，仅仅是因为我比他大一岁。胡安皱着眉头看看小狗崽。

“嘘……别哭！它能活……”他不抬头，低声说道。

他开始给狗崽揉它的小嫩腿，有节奏地慢慢压迫它的胸脯，肮脏的红色大手指十分灵活。他不停地按摩，时间之长让我觉得有一百年了；他满脸是汗，神情严肃，注意力高度集中。寂静笼罩了整座住宅。世界缩小在胡安双手的节奏上。

忽然，在一次压迫之后，小狗崽那一动不动的身体活动了，它抖动了一下。胡安继续施压，直到那生命的律动稳定下来，然后他把小狗崽放在“奇纳”的乳头上。

“行了………”胡安挤出了一声。

他紧张的神情放松了。我俩看到了他的笑容，也放松下来。他掏出一块脏手帕，擦擦前额和双手。

“这狗是我的。”我说，用指头轻轻一点。

“那这只是我的。”我弟弟说道。

接着，我们把憋在心头的全部问题都释放出来提给胡安了。他回答得简单明了，让我们感到十分满意。后来，有人来领我俩去我母亲那里。她精神焕发地躺在床上，身边有个发红的婴儿哇哇大哭。

“瞧！”她大声说，“奶奶从巴黎给你们寄来的礼物……”

“从巴黎？”

我弟弟刚要说出刚才的发现，想揭穿这个骗局，可我用手肘狠狠地给了他一下。他闭上了嘴。说别的有什么用？大人们只会用他们那贫乏的想象力说说瞎编的神话，就是舍不得给我们讲讲这神奇的现实。干吗说别的？再说，大人们愚蠢得很，会解雇胡安的……

但胡安没被解雇。胡安·毕斯卡拉在我家正式当了多年的“小工”。大家都喜欢他，我们兄弟尤甚，因为凡是他那双大手碰过的东西就有了生命，或者一下子就修理好了。没有什么事情是他那双令人钦佩的巧手所不会做的，从阉小公鸡，到一次性修好了玛丽亚·巴耶霍的著名的闹钟，那可是她的宝贵财富，到目前为止可能还在钟表店里消磨时光呢。礼拜天，胡安·毕斯卡拉经常来家里吃午饭，然后带我们去爬山。他还教我们做风筝和放飞，教我们逮蜘蛛和金龟子，告诉我们这些东西拿在手中并不恶心，这样我们做成了学校最令人羡慕的昆虫标本。胡安·毕斯卡拉每周至少来我家一次，打蜡，修百叶窗，打扫鸡舍，整理阁楼上的箱子。我们完全不知道下班后这位“小工”的生活如何。有时，我们也问他，他总是开玩笑地回避过去。

“要是这个胡安不那么骄傲，可以为他做些事。”我母亲这样说道，因为我们现在都长大了，她最好的消遣就是为人们做点“事”。

玛丽亚·巴耶霍发表看法：“这个粗人一定有女人和一堆孩子。”

“人家发生的事，你们知道什么！”胡安低声说，刹那间脸上有了乌云。不过，很快他又吹起了小调，然后又笑了。

这样子好像他没家，没老婆，没朋友，仿佛他的生活是从吹着口哨进入我们花园开始的，他不按门铃，任由狗群跑着、叫着报告他的到来。我们把用过的西装、衬衫、皮鞋都送给他。有一段时间，胡安成为“小工”们穿戴文雅的典范。但后来他不再穿我们送他的衣裳了，样子相当地邋遢。

“人家发生的事，你们知道什么！”

就是从那时起胡安·毕斯卡拉开始旷工了，起初间隔两三周。第一次他说病了。后来，我父亲拿话刺激他，说他很健康，可还是给了他药，因为他脸色确实不好。但后来他又找了一些更站不住脚的借口。以后，我们不再问他什么了，而我母亲又开始神经紧张起来了。她一直坚信家里的“小工”危机已成往事。

随着我和弟弟越长越大，胡安·毕斯卡拉旷工的频率越来越高，时间越来越久。如果见到我们，他不再用“你”，而用“尊敬的先生”的称呼。这鬼家伙究竟钻到哪里去了？跟谁才能打听出来他的情况？这是我们经常提出来的问题。我父亲甚至有一次直接严肃地提给胡安本人，那一回他俩关在书房里密谈了好久。我父亲走出书房后，摇摇头（已经谢顶了）：毫无结果。他也为胡安操心，因为虽然与胡安接触不多，可他十分欣赏这“小工”。我们不得不用别的不得力的“小工”代替胡安。

“人家发生的事，你们知道什么！”

有个时期，胡安有十个月没有露面。一天下午，我父亲回家时表情很难过，告诉我们：胡安在他的医院里，右腿被电车轧断了。我们都很伤心。可是后来我父亲又说，胡安的状况特别严重，因为他长期酗酒，我们明白了许多事情。

胡安是酒鬼啊！

谁能想到酗酒是他旷工的原因呢？我还太小，太稚嫩，即使了解他的事，也难以接受现实。但情况如此。他拿那些礼物怎么处理了？当然，卖了换得一醉；他不露面是为了不让别人发现他的秘密。

我去医院看望他。一看见他那张肿脸：从前面目的模糊的仿制品，以前快乐的眼神已经变红，这让我难以抹去脑海中那个青春永驻的胡安了，比如那次他双手挂在梯子横杆上的情景。现在他双臂无力，双手放在被子上，一动不动。他的模样简直是个老头儿啊！可他才比我大十岁。在这个悲惨的世界里（他肯定属于其中），什么地方神秘地出了错使他处于如此的境地？

“人家发生的事，你们知道什么！”

玛丽亚·巴耶霍哭了好久。起床后，她情绪恶劣，太阳穴上贴着土豆片，她把一切问题都归咎于我们富人头上，只要出事，她就习惯这样说。对于我们这位女厨师来说，穿衣打扮去医院看望胡安，是个漫长、复杂的隆重仪式，结果那天我们没午饭可吃。我母亲带着衣服、钱和葡萄去看胡安；我父亲则在医院对胡安的治疗特别关心。相对而言，他康复得算快。在胡安工作的家家户户中组织了一次募捐活动，目的是给胡安买个假肢。但无论如何，胡安将永远不再是从前的“小工”了。

几周过后，胡安又来到我家了，他满脸喜悦，反应机敏，在覆盆子花丛后面的“洗衣池”住下来。但他情绪好的时间持续得很短，很快就变得嘟嘟囔囔、懒散起来了。他连周六周日也不上街。我经常看见他，打扮得整整齐齐，穿上用积蓄买的节日服装，晒着太阳，也不说话，双手交叉着，眼望天空。胡安不再吹小曲子了，跟他说话时，他几乎不搭腔。

“人家发生的事，你们知道什么！”

“看见没有，胡安·毕斯卡拉好啦！”我母亲大声说。“因为他不再喝酒啦。看见没有，他买的新衣裳？走路瘸的样子几乎没有了。我希望他现在用分期付款的方式买一台收音机。从收入看，他有这个闲钱。一句话，这个可怜的人应该找点乐子嘛……”

但胡安没买收音机。一天，他无精打采地干完活之后，拿起捆好的衣服，走了，没跟任何人告别。我从我房间的窗户里看见他出门了：他脸上带着苦闷的表情，不过这么久之后，他又快乐地吹起口哨。没人理解他苦闷的原因和为什么要离开的理由。

大地好像吞食了胡安·毕斯卡拉。如今，另外一个胡安，我们叫他“傻瓜”胡安，给我家当“小工”。可玛丽亚·巴耶霍总是不失时机地对“傻瓜”说：

“就算胡安·毕斯卡拉又瘸又酗酒，也比你强！”

十个月后，一个衣服破烂到令人难以置信程度的老妇人，头戴过时的披巾，口气谦卑到几乎无声的地步，要求找我家什么人谈谈。她是胡安·毕斯卡拉的姨妈。她解释说，她外甥不久前自愿进了医院治疗酒精中毒症。可是出院后一个月，他卖掉了假肢又喝上酒了。

她给他寄了钱，让他买个木制的假腿。这至少比较难再卖掉了。胡安用木腿再次在我家露面了。他不悲伤了，而是十分高兴，几乎跟一开始时差不多，虽说现在我们不让他干很多活。

“臭酒鬼！”玛丽亚·巴耶霍骂他。可是她给胡安·毕斯卡拉的饭菜特别丰盛和精致。

他在我家睡觉。“洗衣池”旁边的垫子上，可以见到他的东西：一本老歌谱，几包香烟，一个他亲手制作的铜烟缸，谁知道是怎么做成的。仅此而已。他继续去给请他干活的人家工作，把全部收入交给玛丽亚·巴耶霍，请她保存到星期六。到了周末，她把钱给他，根据她的建议，周六十二点他辞工。周六、周日、周一，胡安三天在外面。他周二上午返回，吹着口哨，情绪总是有些压抑，但有节制，冷静。

终于有一天他又失踪了。这一次是永久性的。他姨妈再次来访，说胡安卖掉了木腿。他留下口信说会回来的。

但是胡安·毕斯卡拉再也没有回来。

我母亲有时一看到她头一个孙女手中有破玩具还是会习惯性地喊起来：

“请胡安来修……！”

听见自己这句话，沉默便落到了她花白的脑袋上。

女佣们再也忍受不了任何“小工”再多做几次了，因为他们的毛病很快就被发现，立刻就被解雇了。“小工”危机成了永久性的问题。我和我弟弟偶尔会想念胡安·毕斯卡拉，但是不经常，因为我们有许多事情要做，他给我家的记忆只是一部分，是我们生活中仅有很小的碎片。

一天下午，我快步穿过贫民区的一条街。从一家小酒馆门前经过的时候，我给了一个衣衫褴褛的乞丐一点钱。走了好几个街区后，我意识到那个虽然没说话，但一直注视我的乞丐，就是胡安·毕斯卡拉。他成老头啦，可他只比我大十岁啊！我连忙跑回小酒馆，可那乞丐已经不在了……胡安真是有自尊心啊！不过，也许那人不是胡安，也许是我瞎猜，以为那个卧在酒馆前水泥地上的瘸乞丐就是胡安·毕斯卡拉。

有时我打算再去找他。我无法忘记他那天早晨来我家时吹着调皮小曲的样子，无法忘记他那双灵活的大手在我们小孩子眼前让生命复苏的情景。我打算找他……不知道为什么。但是年复一年地过去了。现在，我只是偶尔在想：

“胡安·毕斯卡拉怎么样啦？”

“中　国”

一侧是大学的灰墙。对面，一排排旅馆难闻的热浪与一家家旧书店的安静气氛以及工厂传来的喧闹声不断交替轮换。工厂内大汗淋漓的男人在蒸汽的轰鸣中打坯模，熨烫衣服。走过去，接近第一个街区尾部时，住宅后退，人行道加宽。夜幕降临后，这里是街上最热闹的地段。大家都云集在水果摊周围。粗皮柑橘、细皮青苹果，仿佛装饰品一样，在红蓝霓虹灯的招牌下改变了颜色。光明或黑暗的深渊落在人群的脸上，大家围拢在一个高声叫卖的艺人身边，他脖子上围着一条活蛇。冬天，破旧的红围脖遮住下半张脸，仅仅露出或凶狠或信任或敏锐或迟钝的眼神，只能从眼睛看出每个人的区别。一两辆有轨电车在窄窄的街道上前进，用衰老机械发出的轰鸣声搅乱着一切。一家二层阳台上出现一个胖女人，身披有条纹的睡袍。她在吹火盆，火星像彗星尾巴一样飞舞。刹那间，女人的面庞显得明亮、热情、令人着迷。

像所有的街道一样，这条街也是公共的。但对我而言，它并非永远如此。多年来，我始终坚信：我是唯一有权在它的光明与黑暗之间冒险的外人。

小时候，我住在附近一条街上，但特征极其不同。那里的椴树、双排路灯都形状怪异，街上行人寥寥，严肃的建筑风格都说明这是个与外部大相径庭的世界。可是，一天下午，我陪母亲去另外一条街办事。是找餐具。我们怀疑有个女佣偷走了餐具，送到那条街的当铺了。那是冬天，下过雨。远处的路口上，可以望见水样的余光，一些屋顶上空还有乌云压顶呈现之势，像模糊的棕褐色团块。路面湿漉漉的；女人的头发直直地贴在面颊上。天黑了。

一进那条街，一辆电车轰隆隆地向我们开来。我赶忙躲在母亲身后，旁边是一个玻璃橱窗，上面贴满了音乐介绍。在一份介绍上，椭圆形中有个金发姑娘在微笑。我要母亲给我买这份介绍。可她不予理睬，我们继续走路。我睁大眼睛四处张望。我不仅很想看看从我身边经过的人群的面孔，还想摸一摸、闻一闻，我觉得他们实在是惊人地不同。许多人抱着包裹，拎着口袋，挎着篮子，携带各种各样神秘诱人的物品。人群中，有个扛着垫子的工人碰歪了我母亲的帽子。她笑了，说道：

“天啊，这好像在中国！”

我们继续朝这条街的下方走去。很难躲开有裂缝的人行道上的泥坑。经过一家饭馆门前时，我发现饭菜味加上母亲雨衣的气味还挺好闻。我突发奇想：最好拥有玻璃橱窗里所展示的一切。母亲听了我的想法之后感到很厌恶，她说：那些东西都是大路货，或者是二手货。成百上千个烧蓝玻璃花瓶，里面插着带国旗和花朵的奖章。猫形的石膏储蓄罐上面画着一品红和银币。一个个小瓶里装满了五颜六色的小球。还摆放着系列明信片和陀螺。但是最吸引我的是一家安静又干净的店铺，门上有个牌子写着：“日本裁缝”。

我不记得找餐具的事后来是怎么样了。但这条街给我留下的印象却是有魅力、有特色，这是不争的事实。它既自由，又惊险。离开这条街，我的生活平铺直叙，按部就班。我无论多么喜欢“日本裁缝”，也绝对不会让他缝补我的衣裳。我的衣服可能是穿戴得十分讲究的小修女用灵巧的手缝制出来的。在家里，下午的时候，一想到“中国”我就着急，这是我为那条街起的名字。当然了，还有一个真正的中国。还有巴耶哈故事集中的插图“中国”，匹诺曹冒险故事中的“中国”。但重要的是眼前这条街是“中国”街啊。

有个周日的上午，我跟母亲口角起来。为了赌气，我到书房去，长时间琢磨墙上挂的城市地图。午饭后，父母出门去了，女仆们在后院晒着春天的阳光。我向我弟弟费尔南多建议：

“咱们去‘中国’，好吗？”

听了这话，他两眼发亮。他以为是做游戏，像往常一样，把折叠梯架在橘树下，爬上爬下；要么就是化装成东方人。

他说：“他们出门了，咱们可以偷妈妈抽屉里的东西了。”

“傻瓜，不干那个。”我轻声说。“这一回咱俩去‘中国’。”

费尔南多身穿灯笼裤，脚踏白凉鞋。我注意拉着他的手，二人向我梦寐以求的那条街走去。我俩头顶着太阳前进，去“中国”，让弟弟见见世面，但是我要特别小心照顾小孩子。离“中国”越近，我的心跳得越快。我在想：幸亏是个礼拜天的下午。车辆不多，过街时没有危险。

终于到了我的“中国”的第一个街区。

“这里就是！”我说，感觉到弟弟紧紧贴着我。

首先让我感到吃惊的是：没看见发光的招牌，无论蓝、红、绿都没有。我本以为这条魔幻般的街道永远属于黑夜呢。接下来，我发现所有的店铺都已经关门。连黄色的电车都没有。一股可怕的忧伤情绪袭上心头。阳光不冷不热，用暖和的蜂蜜色浸染着住宅和街道。样样东西都清晰可辨。行人很少，步履缓慢，双手空空，和我俩一样。

费尔南多发问：

“为什么这里是‘中国’？”

我想这下完蛋了。一时间，我不知该如何让弟弟高兴起来。我在他面前算是威信扫地了；要是不能马上有个妙招，弟弟永远不会相信我了。

“咱们去‘日本裁缝’吧。”我说。“那里可是地道的‘中国’。”

这能不能说服弟弟，我实在不抱希望。但费尔南多已经开始认字了，一定能读出店铺大招牌上褪色的字母。或许这可以增加他的信心。站在对面的人行道上他很快地读出了字母。于是，我说：

“瞧，傻瓜，你还不信呢！”

“可是真难看。”他用撅嘴做了回答。

眼泪已经充满了我的眼眶，要是不立刻发生一件快速、重要的事件，我就要哭了。可是能发生什么事呢？在这条几乎荒凉的街道上，连店铺都已经放下了窗帘。气温不冷不热，十分宜人。

“别犯傻！穿过去，让你看看！”我给他打气，其实是为了争取时间找到理由。这时，我恨这个弟弟，因为全盘皆输已经是眨眼之间的事了。

我俩在“日本裁缝”店铺前的铁帘前站住了。这铁帘是完美的波浪状，就像家里厨房新来的丫环卢克雷西娅的长发一样。帘子上有个小门，我想小门或许能让弟弟感兴趣。我对他只说了半句：

“你看……”我让他去敲门。

里面有动静传了出来。我俩吓坏了，急忙躲到旁边，看着小门打开。出来一个矮个子男人，干瘦，肤色发黄，细长眼睛；他给小门上了锁。我俩挤在路灯旁，仔细看他的脸。他走过去的时候，冲我俩一笑。我俩的视线跟随其后，一直到他拐到下个街口为止。

我俩都默不作声。一直到过来一个卖棉花糖的小贩子，我们才从梦境中醒来。我身上有一块钱，再说由于在他面前露了一手，感觉对弟弟深有情谊，就买了两份棉花糖，送给弟弟一份玫瑰色的美食。沉思中的弟弟点头表示感谢，之后我俩便回到家中。没人发现我俩的溜号。进门之后，费尔南多拿出《匹诺曹在中国》，开始一字一顿地念起来。

几年过去了。在一段很长的时间里，“中国”如同一件黑皮大衣的亮色衬里。我经常回想起那条街。但渐渐地我开始遗忘，开始无缘由地担心，害怕以某种方式失败。后来，当《匹诺曹》不能吸引我的时候，我们的拳击老师带我们去街里的一座剧场，要求我们必须学会巧妙地狠打。那时我已经进入了穿长裤和开始抽烟的年龄。但那条街不属于“中国”。此外，“中国”街差不多被忘记了。现在用爸爸的《大百科全书》查字词比在学校里听大人低声笑谈重要得多了。

后来，我上了大学，买了黑框眼镜。

大学期间，当我明白别在意头发过长是上档次的标志时，常常还回到那条街看看。但那已不是我的街了。那已不是“中国”街了，虽然那里没有丝毫的变化。我常去旧书店，去找可以提高我藏书品位和丰富我智力宝库的图书。我没有看见夜色降临在商亭里的水果堆上，没看见玻璃橱窗里有穿新装的蜡制模特儿，很有可能水果和模特儿都消失了。唯一让我感兴趣的是摆满书籍的书架，虽然有尘土。或者是藏身于书中的某位大作家的身影，在那里私密地窥视着什么。“中国”街已经消失。我不记得那个时期什么时候见过哪怕一次“日本裁缝”的招牌。

后来，我出国了几年。回国后，一天，我问弟弟（他那时已经上大学）：什么地方能搞到一部我特别喜欢的书，因为这里没找到。费尔南多笑着回答说：

“在‘中国’……”

可我不懂……

桑特利塞斯

一

“桑特利塞斯，您肯定能明白，要是我们允许所有的房客都干您这种事，那我们就得滚蛋啦！对，对，我知道您要说什么；我认为您非常有道理。您跟我们在这里住了三年啦，我想您永远不会离开这里的，那您怎么能认为我们会不同意您钉几个钉子呢？”

无法理解堂欧塞维奥怎么能说这么多话呀！他那缺牙的面部肌肉萎缩得似乎只能噗噗吐泡了呀。桑特利塞斯反复思考：要是不用自己的牙托而接受贝尔蒂塔提供的便利，那他的嘴巴不久也会像堂欧塞维奥一样了。她是这样说的：“放心好啦，桑特利塞斯。”又说：“坐舒服些！这里没漂亮妞让您追。”

“可是钉了二十五个钉子，太多了……”

“是二十三个……”桑特利塞斯纠正说，有些口吃。

“二十五，二十三，是一样的。您替我想想吧！如果人人都想要在自己的房间里钉二十五幅小画，将来让我怎么裱糊这房子啊？明白吗？将来就没人愿意租房间啦！您知道这种注意小节、要求很多的人，我敢跟您打赌：来这里住之前恐怕连什么是卫生间都不知道……”

“当然。可那不是钉子……”

“大钉、小钉，不管什么钉，反正都一样。您瞧这块墙。还有那块。我不愿意、也不想贝尔蒂塔看见时大吵一通。还有重新裱糊一遍得要我多少钱啊？算算吧！一大笔银子啊！裱糊匠收费时的脸皮可厚着呢……”

“可既然壁纸已经很破旧了，那……”

“桑特利塞斯，劳驾，请告诉我：您怎么就突然想起要把那些胡乱涂抹的玩意儿钉在墙上呢？您从什么鬼地方搞来这些破东西的呢？我坦率地告诉您：您有点怪怪的……好像发疯了。您是最不该发疯的一位，桑特利塞斯。有一天，我们和贝尔蒂塔闲聊，说如果所有外来的房客都像您这样安静，东西都井井有条，那这生意就是乐事，而不是苦事了……”

“非常感谢，可……”

“用不着谢我。我只不过说了大实话。您不仅是房客，更是亲戚，是亲人，尤其是您的为人举止正常，没恶意，跟普通人一样。跟您说一句掏心窝的话，一句男人对男人的话；以后您别重复……您瞧，贝尔蒂塔，您知道……”

“堂欧塞维奥，亏您想的出来……”

老人压低了声音：

“要是画上是穿泳装的女人，或者穿黑边小内裤、出现在漂亮挂历上的娘们，那我能理解您。我是老了，可您了解我，知道我精神上特年轻、快乐、什么都新潮。我什么也不会告诉贝尔蒂塔的。可这事……实在太少见了，那么，桑特利塞斯，别跟我说不……”

“我不知道，可……”

“您瞧这裱糊的怎么留下……，瞧这坑……”

“可是，堂欧塞维奥，我打算住这间房……”

“……这还有一个坑。这墙皮落到了我上周亲自换的被单上。

瞧！天啊！千万别让我那可怜的女儿看见，我自己去请裱糊匠，请他做预算，无论花多少钱，您得支付全部的花销啊……”

堂欧塞维奥离开房间之前，抓了一把图画，当作这位房客邪恶行为的证据。

二

桑特利塞斯到办公室要迟到了。

通常他坐在床上穿长袜、系鞋带、穿上衬衫和短裤。如果早晨太冷，他就前一晚全部穿好才睡下，整宿躲在毛毯堆积的热被窝里，不脱衣裳。八点半是上班时间，现在还差两分钟。他坐在床沿上，浑身哆嗦，不知如何是好。昨天夜里钉好的图画和照片被堂欧塞维奥一把撕下后，碎的碎、皱的皱，与他的睡裤胡乱堆在一起，就在灰被单上，和他身体的臭味混在一起。

昨夜，打完牌，一上楼回到自己的卧室，他就知道该干什么了。他心里早就憋着这个打算，因为上个星期他经过一家五金商店的时候，就买了一公斤钉子，可他不知道为什么这样做。一想到那些黄色的细长眼睛、那些腿脚、那些热带地区昏睡中的华丽躯体都被压在衣柜最后一个抽屉放平，就让他难以入睡。这好像是听着他们从抽屉里发出的叫喊，令他实在无法忍受了，虽说已近凌晨三点钟。

昨夜，好像贝尔蒂塔事先猜出他回寝室后打算干点不让她知道的事情，便一局又一局连续玩牌，直到难以置信的深夜。桑特利塞斯困了，声明说，第二天早晨还要去上班呢。说是想睡，其实他是急于上楼，像每晚那样，只要贝尔蒂塔不太算计钟点，就赶忙回自己的房间，打开有剪纸和照片的相册、书籍，有图画的文件夹，带图画、资料和文章的信封。由于贝尔蒂塔知道通常晚饭后跟堂欧塞维奥和另一个死气沉沉的人一起玩牌能让桑特利塞斯欢喜之极，而且只要桌上有纸牌，他就不会放下，所以很容易延长牌局，把桑特利塞斯挽留住。他们不赌钱。每人有一口袋青豆（大菜豆，雪白的，像是瓷制的）代替钱用。周六算总账。输的人请大家看电影，看大家选出来的影片，她再把口袋保存起来。

那天夜里快结束的时候，桑特利塞斯几乎睡着了。纸牌在他手里发沉，眼皮沉重得难以睁开，一直到牌局结束，餐桌上，天棚里，只有一盏灯远远照明，只看见一串黑桃、红桃、梅花、方块。每玩一局，贝尔蒂塔就狠狠地给他一胳膊肘，把他撞醒。

“好啦，桑特利塞斯，该您了！”她叫他。“玩牌的乐趣就是要快，尤其是跟一个死气沉沉的人玩……”

“今晚看来有两个死人在玩。”堂欧塞维奥一面作证，一面哈哈大笑，声音太响亮了，闹得桑特利塞斯的牙托像桌上震动的杯子，里面放了一条金鱼。

“好啦，爸爸！”贝尔蒂塔下令安静。“您好像不是八十岁，而是八岁。别再笑了！”

最后，桑特利塞斯稍稍苏醒一些，因为堂欧塞维奥开始发明新的游戏规则，对他有利的规则。起初，他高抬贵手，因为实在困得厉害，无力争吵；他希望一切尽快结束。可是当堂欧塞维奥无耻地断言：只要抓到老A，拿到好牌的人在出牌前可以拿一把百搭①，桑特利塞斯气得要命，一下子醒了过来。

“不对！”他吼道，抓住八旬老翁的手——当时正准备去拿一把百搭。

---

① 百搭：扑克牌的玩法。

贝尔蒂塔咽下口中的石榴汁。

“您的意思是我爸在出老千？”

“不行，不行，不行！”他尖叫道。“我在巴尼瓦维达温泉度夏的时候，认识一位去过乌拉圭的夫人……”

“什么时候您去过温泉度夏的！”老翁喊道，手还在他的掌握中。

“松开我爸的手！去您的！别演戏！”贝尔蒂塔对他说。“您知道没什么能比爱撒谎的人更让我讨厌的了，哈……”

“可后来又说是我爱撒谎。”堂欧塞维奥抗议道。“闺女，给我喝一口石榴汁。你看，这一吵让我想喝果汁了……”

“不给。就剩下一口了。”

“你会发胖的。一宿喝半瓶多啦！”

桑特利塞斯坚持说：“不能拿一把百搭，不行，不行；别拿我当傻瓜……”

“就为几颗菜豆，谁会拿您当傻瓜？”堂欧塞维奥问。

“难道传记作家就不算回事？四个礼拜日之前，我就提出了邀请。”

“呸，作家，作家……”

“这纸牌是个讨厌的东西。”贝尔蒂塔说道。“从来没让我这么讨厌过。好了，不玩了，我困了。投票吧！少数服从多数！您，有什么要说的？桑特利塞斯。有了老 A，出牌前能不能抓一把百搭？”

“不能！”

“不能。一票。我投：能。一票对一票。您呢？爸，能还是不能？”

“不能。”老头回答说，他走神了，因为正贪婪地盯着石榴汁瓶子。

老爸的糊涂让贝尔蒂塔很生气，她觉得这很尴尬，一把打乱了桌上全部的纸牌，站了起来。她没说“晚安”就去睡觉了，让几个男人收拾牌，存了起来。可她没忘带走装着菜豆的小口袋。

桑特利塞斯一面上楼回宿舍，一面想：距离起床上办公室，还剩下区区四个小时了。从天窗一块破玻璃处，一滴水固执地落到了脸盆里。从黑乎乎的走廊两侧的房间里传出来房客们的鼾声，堂欧塞维奥和贝尔蒂塔不和这鼾声搀合在一起，只把这亲密的好处让给他桑特利塞斯。手中钥匙精确和冰凉的形状，插进锁孔轻微的金属摩擦声，让他稍稍清醒了些。他披上了睡衣，拿了钥匙串向衣柜走去，打开了下面的抽屉。

他把信封倒在床上，摊开一些文件夹，就足以让房间变模样了。强烈、巨大的新鲜气味，压倒了日常陈腐的气息，创造出一些静止不动的枝叶，准备突变后颤抖起来。在密林深处，动物的蹄爪悄悄地走过灌木丛，发出“嚓嚓”的声响；青草由于动物的踩踏而狡黠地摇动。动物体液的流出破坏了空气的纯净。绿色和紫色的影子和带斑点的光线，由于美人危险的光临，由于潜在的妩媚和力量的威胁而激动起来。

桑特利塞斯笑了。这事贝尔蒂塔是不能理解的。钟点、睡觉、办公室都不重要了，因为时间早已经以慷慨的胸怀拓展了它的界限。桑特利塞斯把一切都拿出来了。他把东西摊在床上、地面上、桌子上、屉柜上和梳妆台上，在缓慢开心的欣赏过程中，寻找那一公斤钉子。他的藏品天下第一，最漂亮。虽说他从未把藏品示人，也不曾与谁人说，内心却十分自信高人一等，坚定而自豪，别人绝对不会想到他衣柜最后一个抽屉的藏品。

多年前，他第一次领到档案管理员的薪水时，很奢侈地买了一盒巧克力，外包装有条天蓝色绸带，盒盖上画着一个可爱的小猫正在玩毛线团。巧克力吃完后，他舍不得扔掉盒子，因为铁盒很漂亮，于是就收藏起来了。藏了好多年。有时他想起那猫咪似笑非笑的表情、那猫爪子的欲露未露于顽皮之中暗示的危险，于是便拿出盒子欣赏一番。随着时间的推移，他拿出盒子的次数日益增多，甚至感觉看看还不够，感觉促进他收藏的根本原因已经淡化，几乎与铁盒完全无关了。一天下午，他在旧书店里翻阅过期的杂志时，发现一篇彩图报导，展示的不是家畜，而是大不相同的奇妙动物：生活在原始密林里、互相残杀的野兽。于是他想起了巧克力盒，一看上现在的东西，就把铁盒给忘记了。这里，在他激动欣赏的这些令人震憾的图片里，由于危险在眼前，由于赤裸裸的残杀，似乎增加了美感，似乎赋予美感以令人难以忍受的力量，似乎让美感沸腾、燃烧、光彩夺目，甚至让他双手出汗、眼皮颤抖不已。他如饥似渴地买下了这本杂志。从那以后，他开始经常跑书店，寻找那可以延长他那种激动的东西、可以扩大激情和增加激情的东西，凡是能找到的，他都买下。有时，他试图买昂贵至极的图书，这让他连续数月囊中羞涩。他不止一次托人从国外购买专著，尽管他不懂外语，却觉得翻阅和抚摸那些图书的同时获得了某种东西，更多的东西。

有时，在几个月的时间里，他逛书店时没发现任何东西。在他昏暗的房间里，他仅凭借床头灯的蓝光，看图画，寻找迷失在画中的激情，那些图画淘气地保持着静止不动的状态，变成了印刷纸和墨。他心里有某种东西也停滞了。寻找新东西的急切性让他的联想能力瘫痪了，因为急于找到那恰到好处的情绪，像令人头脑混乱、心脏麻痹的攀缘植物一样生长，却不给自己留下空间。

一天下午，贝尔蒂塔对他说：

“喂，桑特利塞斯，您怎么无精打采的？样子怪怪的！”

这话好像抢走了他自己最后的一点东西。

在办公室，他称病请假，去动物园一游。他长时间站在野兽的笼子旁边。苍蝇“嗡嗡”地盘旋在猛兽的尖牙和臭烘烘的粪便周围。它们的尾巴很脏，皮毛磨损、发黑；兽笼小得令人沮丧。饲养员用长杆把肉块投掷过去的时候，野兽们便朝血腥的带骨肉扑去，咬得骨头吱吱作响，它们哼叫着，吞食下去的时候喷出热乎乎的涎水。桑特利塞斯连忙跑开了。猛兽，他想看，可不是这个样子嘛。在他逛动物园的这段时间里，在他逛书店淘宝的时候，已经不满足于那些漂亮的图画了：野兽露出三角形的微笑，假装散步的样子，好像满足于死亡的暗示。他渴望寻找猛兽凶残的场面：尖牙喷着热气，满嘴血腥，或者猛兽沉重的躯干凶狠地落在吓破胆的受害者身上。桑特利塞斯的心与受害者的心一起跳动；为了摆脱恐惧，他贴近猛兽，要与它保持一致。

昨夜，他已经释放了最美的藏品、最杰出的藏品、他的最爱。他把藏品一一钉在床头、小桌旁、圆形衣柜上，长时间躺在床上，借助烛光与其说是观赏，不如说是感受它们对自己房间的主宰。他释放出一些危险的闲言，它们也许只是一个泥坑里的残腿、一根断枝，或者是突然耸立起来的耳朵。也跑来一些走路的躯体、在黑暗中做出挤眉弄眼的表情、种种气味、一股股从猛兽胸腔里喷出的空气、种种体态、摩擦着华丽肌肉上毛皮的热气，所有这一切都有气无力地激励着人们加入一种炽热的生活，激励人们敢于成为尖牙和鲜血、牺牲者与凶手。

可是桑特利塞斯却睡着了。

当堂欧塞维奥敲门而入的时候，他睡了不到一个小时。开灯时老人解释说，他是来求他帮忙的（鉴于二人的关系如此亲密，桑特利塞斯肯定会伸出援手）：请他早点起床，因为洗澡间的一个热水器坏了，最好在房客一出门上班的钟点，就尽快清除另外一个热水器的堵塞。老人话没说完，目光突然盯住了什么，没牙的嘴巴张得老大，惊讶了一秒钟后就开始了一连串的撕扯活动，强迫桑特利塞斯立即扯下墙上的一切。

老人走后，桑特利塞斯穿衣服花了很长时间。他不在乎那天上班迟到：说到底，工作十六年来，他从未上班迟到过。他踮着脚尖下楼时，一想到贝尔蒂塔会听见他出门便感到心烦。于是，他回房间换了一双胶底鞋，重新下楼，越发静悄悄地。她房间有没有灯光……？经过她门前时，他脚步尽量放松，可仍然传来了预料中的喊声：

“桑特利塞斯！”

他站住了，光头上高高地戴着一顶帽子。

“您是跟我说话吗？贝尔蒂塔。”

“嘿！别装傻！过来！”

桑特利塞斯进门前一手摸着山羊胡有些犹豫不决，眼睛盯着被挤在有尘土的薄纱帘和玻璃之间的两只死苍蝇，它们已经干瘪，大概有几个年头了。贝尔蒂塔还在床上，靠着像是大沙发上使用的垫子。床头桌上有一盒打开的粉，有一把缠有头发的梳子、簪子、卷发器、发卡。她身边，是堂欧塞维奥，手拿扫把，头缠毛巾。

“要干的活还少吗？干吗像个白痴似的立在这儿？”她冲老爹喊道。老人慌忙跑了，去干女佣的活计，因为上周贝尔蒂塔把女佣给解雇了。

只剩下他和贝尔蒂塔的时候，后者低头哭了起来。她双手在蓝缎床罩上发抖，胸脯像个巨大的伸缩管一缩一张。泪水一再流下刚刚擦了粉的面颊。桑特利塞斯看到此情此景才明白贝尔蒂塔为了等他而专门打扮了一下，想到此处，他想离开房间。

"桑特利塞斯！"她又喊了一声。

她目光紧紧地抓住了他，但眼里已无泪水。

"就是说……"

"您想说……瞧……"

"可我不……"

"我为您做了这么多事情，您怎么能……"

她又哭了，一面说道：

"所有那些肮脏玩意儿……，您讨厌我……"

"怎么能说……"

"对，对，您讨厌我。可我对您就像亲妈，您动手术的时候，我给您开小灶，整天陪着您，怕您烦闷。想想吧：我把这间房、我自己住的房、我的床统统让给您，让您舒服些，希望您早日康复。您这个人最是忘恩负义了……"

桑特利塞斯回想起自己做完胃溃疡手术后，在贝尔蒂塔房间里养病的事，不由得害怕起来。他曾想过那带工资、办公室有替班的卧床休息一个月的天堂般的生活。他本来可以长时间安安静静检阅那有剪报和照片的相册啊！可以检阅那些有关生物习性、地理位置、奇怪的栖息条件的一切资料啊！但是，没等他反对，贝尔蒂塔就把还体弱的他安置在楼下，随后为了离他更近又特别安排他住在她的卧室。她整天跟他在一起，百般照顾他，从来不让他独处，整天逗他开心，看护他，从他细微的表情中看出他的欲望，看出他并不想赋予的含义，看出他需要解决的问题。楼上，在他自己的卧室里，整整一个月，在他衣柜的抽屉里，有闪亮的眼睛和躯体完美的动物等候他检阅。可是，贝尔蒂塔不允许他回自己的房间，非得她完全满意桑特利塞斯的健康状况才成。

"贝尔蒂塔，可我非常敬重您啊……"

“您还敬重我呐？”她问，突然不哭了，一面摇晃着堂欧塞维奥带上来的图画。“真的？啊？你以为凭这个就有权利想破坏就破坏这个家吗？瞧瞧这些让人恶心的脏猴吧……就因为这个您就整天关在自己屋里；现在我可发现您的秘密了；今后您什么怪事也做不成了，除非我不知道；这个家不能出怪事，哪怕我们穷，可我们是正派人。让大家看看吧！您居然破坏正派人的家！您想吃不带皮的无花果，对，您净想好事，嘴上说的跟所有的男人一样，人家都是傻瓜，希望人家为你们牺牲，然后就干怪事，也不跟人家说……还恨人家……”

“瞧您说的，贝尔蒂塔，可我非常喜欢您啊……”

“少来笑话我，就因为我是个可怜的老处女；我得忍受着这个废物老爹，他连保护我的能力都没有。您知道他现在老了，没几年活头了，可您瞧瞧他从前吧，天啊，可让我们吃了大苦头啦。他是个什么都不在乎的人，像所有的男人，像您一样：自私，自负，邋遢，这些脏猴，您瞧瞧吧！少给我讲故事！纯粹是脏货。还有玩牌装圣人，为的是以假乱真……对，就是这么回事。你们以为人家是傻瓜。我要重新粉刷您的整个房间，用最贵的纸裱糊，哪怕花一百万，您也得掏钱。我马上去楼上看看您把房间弄成了什么脏样子了，哪怕因为您的错闹一场感冒！”

桑特利塞斯一看到贝尔蒂塔庞大的身躯从被子和垫子中一跃而起（她不知羞耻地穿着半透明的睡衣——公寓里一位夫人旅游归来卖给她的），连忙推开门跑了。房间打蜡、脸上抹粉、黏稠的红色石榴汁、老处女懒散的汗味，种种气味跟在他身后跑，追了他四个街区，一直到办公室。他一口气跑了五层楼，因为电梯坏了。进了办公室，他不跟任何人打招呼，只是说：没事别打搅我！提文件等周一再说，因为今天我得复查。他在摆满了文件的隔板中间踱步。

在他房间的窗台上，几只鸽子在啄着什么，时不时地瞅他一眼。他在写字台前坐下，又重新站起来。他从窗户里看见小院被斜射的阳光一分为二，还看到云彩在上午的蓝天上游动，还看见五层楼下的院子尽头正在玩耍的金发女孩。

他待了一个上午，没去吃午饭，整个下午继续关在屋里。他再三看看周围的一切：天空、书架、玩猫的女孩、尽量不思考、努力远离回家的时刻，因为那里他已经什么也找不到了……

三

那天下午，桑特利塞斯下班以后，沿大街和动物园周围闲逛，那时动物园已经关门。他在栅栏外面转来转去，突然停步观看，因为他从各种复杂的气味中分辨出了他熟悉的东西。从夜间兽笼的所在地传来越来越微弱的咆哮声。可由于没心思看任何东西，也不想听什么，夜幕一降临他就离开了，继续在街上漫游。他吃了一个沙拉三明治，佐料太多，让他想起有可能再患上溃疡。后来，他钻进一家循环放映几部片子的电影院，看着、看着，他在座位上睡着了。他走出电影院的时候，已是深夜一点钟了。他确信，在贝尔蒂塔的公寓里，大家都已上床睡觉。只是到了这个时候，他才决定回去。

在走廊上，他闻到一股烧纸的味道，压倒了每周五的油炸食品——假银镜鱼——的气味，但没能完全压倒。大楼里十分安静，仿佛从来没人住过。他走进自己的房间，穿上法兰绒条格睡衣。他不大情愿地去找他的图画和剪报、相册和信封，用了好大一会儿工夫查抽屉、看床下、翻衣柜。他觉得冷，安安静静喝了几口水之后，哆嗦着上床去了，因为他知道，相信在他回来之前，贝尔蒂塔早就毁坏了一切。她早就把他的藏品付之一炬了。到了白天，在办公室里，他在心中一一回顾了那些藏品，与它们一一惜别。他还能怎样？任何抗议或维护权利的要求都是不可能的。回顾那些藏品时，他把自己看成小孩，设想贝尔蒂塔站在他身旁，他翻阅相册，让她看绘画，但不许她摸。她不合时宜的在场，加上野兽的魅力、渐渐压倒了脑海中的形象，放掉了这些形象的鲜活力，仅仅压缩成买下藏品的回忆，压缩成图书的重量，压缩成彩照的尺寸，压缩成纸张、上等纸、彩印纸。猛兽的精气神拒绝到场。这好像是桑特利塞斯心中逐渐焚毁了每一张图画，那火焰后来就熄灭了。

他养成黎明即起的习惯，为的是不看见贝尔蒂塔和堂欧塞维奥。他回公寓的时间很晚，筋疲力尽，倒头便睡，让沉重的没有梦境的睡意占据全身。他吃三明治、花生、糖果，结果使本来就脆弱的消化系统又坏了。在办公室，他一如既往地尽职尽责，自尊自重，有板有眼。谁也没发现有什么变化。由于这时是工作淡季，有大量时间，于是他坐在窗前望天，喂飞到窗台上的鸽子，从院子的一侧对城里的屋脊窥视，或者开心地欣赏那个院子尽头阳光下的金发姑娘，那是在五楼底下，她似乎总是忙着什么：洗衣裳，浇花草，跟猫嬉戏，或者长时间地梳理头发。

有时，他从一些贴有招牌的住宅前走过，招牌上写着："公寓房间出租"。他进去看看条件，盘算着是否有可能换换住处。他跟女主人聊聊。后者很高兴这位未来房客明显表现出的庄重态度。但桑特利塞斯总能找出些缺点，什么洗澡间的灯光不足啊，什么楼梯太长啊，什么寝室天花板墙皮脱落啊，总之找个拒绝的借口罢了。但这并非自欺欺人，他知道这并非是借口。他明白自己永远不会离开贝尔蒂塔的家。现在开始建立新关系，无论跟谁，都太困难了。这想法本身就让他难受。明显地让他心怀恐惧。再说，他的年龄足以让他正当地享受舒适的生活和为此支付的高价。不管有什么缺点，他明白每天夜里能够打牌，而不用戴假牙，确信衣服纽扣永远不会少，早晨起来皮鞋锃亮，饮食口味不同也会受到尊重，这就实在太踏实了，因此如果他要离开，那肯定是悲剧。

但是，他还没能解决在某个时刻回家的问题，那一刻能有个发现迫使他针对失去的藏品摆出明确的立场才好。归根到底，不可否认的是，他毁坏了墙壁。人家有权利惩罚他。每当回忆起往事，他就觉得肚子里有什么发热的东西一拱一拱地在动……，他的肠胃在发烧啊。可他无论如何也不愿意面对贝尔蒂塔——他无法伸手向她索取属于他自己的东西。但他愿意回去，愿意重新遵守自己那有序的生活准则，他不能说他缺乏这样的愿望。他一面给文档编号一面想这些心事，或者站在自己办公室的窗前思考这些问题。对面窗户上有人画了一个新招牌："莱瓦兄弟"。这是什么人啊？楼下，有阳光的庭院尽头，那个女孩在缝缝补补。遗憾的是他没有看到过她的正脸，她与母猫玩耍时肯定是特别陶醉的样子；他之所以知道那是母猫，是因为它产了小猫咪，如今总共有五只或者六只了，它们围绕在姑娘身边转悠，她给小猫咪喂牛奶，爱抚它们。

也许正是这小猫咪出生给他带来的愉快心情，让他忘记了自己的担忧。那天下班之后，他直接回家了，好像什么事也没发生一样，他企图以自己的自然态度抹掉他这一方的全部要求，让贝尔蒂塔那一方的任何责备都作废。他和她之间从来没有什么不快的过节，他必须说明这层意思。此外，由于他早晚要缴械投降，那还不如现在就举起双手，别等到消化系统彻底不适以及双脚因走路太多而起泡。

他吹着口哨走进公寓。他发觉贝尔蒂塔一听见他的脚步声立即关上洗澡间的水龙头，出来迎接他。桑特利塞斯没理她，径直上了楼梯，他从楼梯的拐弯处看了她一眼，看见她在楼下吃惊地望着他，一面用毛巾擦着胳臂。

“啊，是贝尔蒂塔啊……”桑特利塞斯高声道。“下午好哇！”

他继续上楼，不听她在下面说什么。

一进宿舍，他笑着躺倒在床上。这宽敞的房间实在令人愉悦，虽说光线不足；这样的新生活丝毫没有印刷纸的危险，没有多年来他日复一日拖延的折磨人的邀请，不必共享远方无害的回声。当他听见有个温柔的声音在门外叫他时，他已经打了一个盹了。

“桑特利塞斯，你在吗？”

“贝尔蒂塔吗？请进……”

桑特利塞斯听见贝尔蒂塔如何收到邀请后突然松开了门把的声音……

“不，不，我不想打扰您。您肯定有事要办……”

桑特利塞斯没有吭声，他要看看到底是怎么回事。片刻之后，贝尔蒂塔继续说道：

“……我是要告诉您：大约再有一刻钟，晚饭就好了，这样您……”

这是片刻的停顿，桑特利塞斯不去填补空白。

“……我做了炖小鸡，是您特别喜欢的……”

“什么菜？”他问。

贝尔蒂塔急切地手再次放到了门把手上。

“就是咱们不久前一块在一份阿根廷杂志上看到的菜谱，记得吗？为了尝一尝这个菜，我爸爸生日那天我做过一回……”

“啊，好哇，过一会儿，我就下楼……”

“好极了，别着急。还有一刻钟呢……”

他觉得贝尔蒂塔在门外待了一分钟，不，是一分零一秒，随后哼唱着什么小曲顺着走廊走了。等了片刻，他在洗脸盆里洗洗脸，把水倒在花桶里，整理一下领带，下楼去了。

炖小鸡可口极了。说真话，只要贝尔蒂塔肯下功夫做点什么，她烹饪的手艺是很好的。听了桑特利塞斯的一番恭维话，她差点晕过去。

他说："贝尔蒂塔，您的手巧得像天使啊，天使！能在您身边过一辈子是有福之人啊！……"

他吃了三块鸡肉。

打开的收音机正在播放着"西班牙之夜"。堂欧塞维奥以令人过分怀疑的热情大加赞美，好像服从什么口令似的。贝尔蒂塔严肃地望着父亲，等老头儿开始讲相当黄色的西班牙笑话时，女儿打断了他的话，建议玩牌。大家都说这主意棒极了，于是拿出纸牌。这天夜里玩的几局令人开心，人人满面笑容，玩得很痛快。桑特利塞斯赢得了胜利，无论贝尔蒂塔还是她的老爸都没有提出抗议。

"您瞧，摸一摸，您的菜豆撑得口袋多满啊！桑特利塞斯，真阔啊，对吗？"

"请您保存，行吗？"

"当然，我来管……"

周末到了，桑特利塞斯的小口袋满满的；其他两个口袋是瘪瘪的。堂欧塞维奥因为要请大家周日看电影而有点不快，说话很少，埋头看日报上的赛马专栏，后来被他女儿一把给夺了下来。桑特利塞斯选的影片叫《激情火山》，是对贝尔蒂塔表示敬意，因为一周来她一直在说想看这部电影，原因是卖走私尼龙衬衫给她的女房客对她说：女主角是个大美人，表面坏，骨子里善良。这一周桑特利塞斯受宠若惊，因此有勇气敢向堂欧塞维奥借望远镜，这是老爹看赛马时用的。但是要去看赛马，必须等女儿赦免了他赌马的恶习，她为老爹这毛病可是流了不少眼泪啊。桑特利塞斯解释说，玩儿望远镜是为了从办公室的窗户远眺取乐，因为工作不忙。

实际上，借望远镜是为了从窗户向外张望，尤其是看那位整天跟猫咪们在院子里玩耍的姑娘。

一到办公室，他直接去窗口，但是为找准确的焦点而费了点事。着急的心情妨碍了双手的灵活，这让他想到一定会有最佳的焦点。终于，他满意了。那是个大约十七岁的姑娘，有长长的金发，样子娇嫩，脸上有一种不幸的惆怅表情，似乎在说：我不属于任何人。桑特利塞斯看了很感动。姑娘身边有八九只猫咪在玩耍，它们个个有花斑，都是罗马种，嘴巴发红，是一只睡在姑娘裙子上的大猫的小崽。看到这头母猫如此巨大，他吓了一跳。他用望远镜检查院落。大木槽后面会不会藏着另外一头大公猫呢？灌木丛后面晃动的影子是什么呀？随着下午时光的推移，桑特利塞斯看见从墙头上，从窗台上，从一棵此前没发觉的树枝上，几只公猫纷纷落到院子里，姑娘笑着一一抚摸。到了夜里，大楼各处的办公室纷纷锁门之后，这个院子会发生什么事情呢？众所周知，猫科动物夜间会变得背信弃义，它们会惹事，会十分凶狠，到了白天才缓和下来。那姑娘总是待在那里被那些冷漠的动物包围吗？

他在公寓里总是备受宠爱；因此很容易忘记那姑娘给他造成的惊吓。另外，这事是他自己的秘密，如果贝尔蒂塔对他的殷勤态度最终消逝的话（每次她照顾和关心他之后，他都有这样的担心），那么总会有那位住在阳光庭院的金发姑娘用远距离的友谊给他以慰藉。意识到这份友谊给他提供的信心是如此之大，以至于一天夜里当他得知晚饭有辣子炒肉丁的时候，便这样说道：

“我不喜欢辣子炒肉丁。我要吃炖小鸡。”

“炖小鸡一周吃两次啦。就是证券交易所也吃不起啦！大家瞧瞧他，他以为他是谁……”贝尔蒂塔反驳说。

“对，就是这样，我就是想吃炖小鸡。”

贝尔蒂塔生气了：

“听着，你，桑特利塞斯，这要求可过分啦。这是因为你知道我们待你……”

贝尔蒂塔的眼睛早就暴露了一些东西，后来，几个月后，其危险性就变得赤裸裸的了。她一面挽起花围裙的袖子，眼睛一点也不眨，然后喝下一大杯石榴汁。桑特利塞斯不等她的眼神扑灭他的勇气，急忙说道：

“喂，贝尔蒂塔，您告诉我一件事。您不记得我那些小猴啦？就是不久前我在自己房间墙壁上钉的图画，后来我找不到了呀！您不知道它们变成什么了吗？”

贝尔蒂塔的杯子险些掉在地上。她赶忙避开了桑特利塞斯的目光，凶狠的眼神化为乌有。

“哎呀，天啊，您还用那些脏猴烦人呐，啊？这个时候，差不多两个月都过去了，干吗还想起来说这个？整天操心那些小孩子的玩具，您就不害臊吗？后来……对了，这事我跟我老爸谈过，既然您打算永久住那个房间……”

他打断了她的话：

“嗯，有可能……”

贝尔蒂塔的目光紧盯着他，再也不放松了。

“……这样我们就决定不必再裱糊了，也不收您什么费用了。别担心……”

“当然喽，你们一向是精打细算……”

他等着贝尔蒂塔松了口气给他讲猴的事，坚持道：

“可是还有那些图书呢。”

“哎呀，桑特利塞斯，看在上帝的分上，别说蠢话了。我老爸怎么处理的图书，我怎么知道？我告诉您吧：我把图书给了他。当然了……不知道您是不是觉得不好，不过，您瞧，我留下一张彩图，心想您不会在乎的，贴在蓝镜框上了，就在八号离开的那个女房客的门对面。您到我房间看看那张画，好吗？特可爱，我告诉您那动物叫什么，它躲在大叶子和一些奇花异草后面。您瞧，我有一次看过一部电影……”

桑特利塞斯没说“再见”就出去了。

那天下午他关在办公室里，直到大家下班走掉。随着夜色加深，对面那一侧房间的灯光一一熄灭，整座大楼有了一种来自巨大空箱的共鸣感。从敞开的窗口进来一股充满强烈暗示的气息。这个天地里只有他和那五层楼下待在猫群中容易受骗的姑娘。黑暗降临了，一幕幕落在小院里，那里有闪烁着绿色、金色、红色的眼睛。借助望远镜，桑特利塞斯勉强能分辨出它们各自的形状。共有十二只猫，它们围在姑娘的周围：在动物燃烧着贪婪的目光中，姑娘只是个白点。桑特利塞斯探身窗外，本来想要大喊一声，提醒她注意。但是，对面“莱瓦兄弟”家的窗户里突然亮灯了，开窗时发出一阵吱吱响，无拘束的傻笑打破了楼内的寂静。桑特利塞斯摸黑找到帽子，走出了办公室。

那天夜里，他没回公寓吃饭。但次日，他下班后直接去找贝尔蒂塔，告诉她：因为已经找到别的住处，所以打算下个月换个地方，到时她可以支配他的宿舍。

“可是，桑特利塞斯，为什么呀？我们怎么您啦？”她含含糊糊地问道。

“没事……”

“那，我就不明白了……”

“办公室有个寡妇，女职员，她把单元里的一间房让给了我，因为她没有子女。单元很漂亮，装修豪华，嘿，特时尚。我可能是唯一的房客。想想吧：那会是多么舒适啊！尤其是女房东特别和蔼可亲。她甚至会弹吉他……”

贝尔蒂塔脸白了，在喘气，好像心中有什么压力在膨胀，最后终于爆发了：

“你们这些忘恩负义的人……总是哪里的太阳热上哪里去。既然您乐意，走吧，走吧，与我有什么关系？忘恩负义的人，家里待您这么好，说走就走啊。有什么了不起的？您像所有的男人一样，也是脏货，就只喜欢那种事……脏货，脏货……”

她一面骂着“脏货”，一面哭了起来，她伤心至极，哭得昏天黑地。已经在心中竖立起高墙的桑特利塞斯不为所动。他不恨她，根本不希望她难过，其实他根本没计划搬到别处去住。但他看到了很久以前就希望亲眼目睹的这番景象：贝尔蒂塔垂头丧气，由于他的缘故而绝望哭泣。他不等同情的大浪上岸冲毁高墙，就离开了她的房间。来到外面，一切都无关紧要了，绝对没有关系了。他去睡觉。

他没有脱衣服，上床躺下。隔壁房间传来了鼾声。对面房间有个孩子醒了，说：妈妈，我要撒尿。几个晚归的人踮着脚尖回各自的房间，沉睡的旧地板发出咯吱、咯吱的声音。他看看墙壁，不久前，一天夜里他那些听话的野兽，被贝尔蒂塔消灭的野兽，从洞里走了出来。他一切都不在乎了，因为如今原始森林已在他心中生长，密林里有咆哮和热气，有生与死的激情。但有件事，对，有件事他在乎，也应该在乎。在他的脑海深处，就如同一处非常黑暗的庭院尽头一样，渐渐地露出一个白点，面对逐步威胁着她，包围她的危险而变大。她以为那只是猫群，就像那个带缎带的巧克力盒盖上的猫。但不是，他必须大喝一声，提醒她别被野兽吞食。他睡不着，因为感觉那姑娘在求他帮助，只求他一人。他在床上，和衣而卧，辗转反侧，无法让危险的动物滚开。他起床，漱漱口，因为口中苦涩。他准备出门，下楼梯时不管脚步声是否会吵醒全楼的房客。他心里着急啊。路过贝尔蒂塔的房间时，里面的灯亮了，他听到：

“是桑特利塞斯吗？”

他停下脚步，不吭声。

“桑特利塞斯！这个钟点您去哪儿啊？看在老天爷的份上！”

沉默了片刻，他回答说：

“我必须出去！”

关大门时，他听见一声动物般的嚎叫炸开了夜空。

“爸爸啊！”

户外，寒冷的空气迫使他蜷缩起来，干净彻底地与万物分道扬镳啦。虽然寒冷，但没有风，不潮湿，很安静，他摘下帽子，冷空气抚摸着他后脑勺、秃顶、前额和脖子，排除他的万般烦恼，解除他的千种忧虑，只剩下一件事在心头：那姑娘千万别让野兽吞噬。

他跑着上了五楼。不知怎么着就开了一道又一道大门，最后来到自己的办公室。黑暗中，他慢慢靠近窗口，轻轻地推开窗。大窗子上方，他头顶上露出黑黝黝的天空，红色发热的月亮边缘模糊，像个脓肿块，似乎要在大片巨树的树冠上爆炸。他吓得险些喊出声来：庭院里成了乱作一团的兽场，场上所有的眼睛——黄色、石榴红色、金黄、绿色的眼睛都在望着他。他双手捂住耳朵，不让咆哮声摧毁他的耳膜。姑娘在哪儿？淹没在这热带植物、这浑浊空气中的身体在哪儿？越来越多眼睛发亮的老虎从围墙上方跃入庭院。美洲豹猫、饥饿的黑豹穿过紫色的叶子把夜幕撕成碎片。猎豹把猞猁撕成碎块，黑豹纷纷上树，几乎、几乎达到桑特利塞斯为寻找不露面的姑娘而站立的窗户上。他看到整个院子在吱吱响，在怒吼，在抖动，昆虫由于密林浑浊的毒气而发狂。一头美洲虎从距离很近的树杈上企图咬桑特利塞斯的手，但是它仅仅抢走了望远镜。一头金钱豹，火炭色的环眼，在他眼前咆哮。

桑特利塞斯并不害怕。有一个急需的、紧急的命令，就是要在可能的胜利中，重新找回自身的价值，这是最丰富和雄心勃勃、由于最困难因而也是唯一的定义，给自身价值下的定义。在比较远的下方，树枝腾出了空间。这时，桑特利塞斯屏住了呼吸：她在下面；对，她在请求他的援助，把她从那可怕的“热锅”里解救出来。他不知道名字的一些动物正在顺着颤抖的枝叶向上攀爬；鸟儿们在魔鬼般的蕨类植物中扇动着五彩缤纷的羽毛。他用双手恫吓或驱赶着撞在他脸上的湿热飞虫。整个夜空中都布满了闪烁的眼睛；天上，星星穿过掩映的树叶；下面，互相残杀的野兽在相互争斗，都目光如炬。黑夜，勉强有了一丝月亮的照耀——或者是陌生的太阳？浓烈的空气逐渐装载了野兽由于被囚禁而发出的号叫。下面，姑娘在等着他；她也许在啜泣；在雷鸣般的野兽咆哮中、怒吼中他无法听见她的声音，但是他必须救她。桑特利塞斯爬上了窗台。对，她就在下面。他发出一声喊叫吓跑了旁边一头野兽；为了下去救她，他猛然一跃，要追赶上她……

经典文库

SHORT CLASSICS
短经典

短经典·第一辑

01《爱，始于冬季》
[英]西蒙·范·布伊 著 刘文韵 译

02《星期天》
[法]伊莱娜·内米洛夫斯基 著 黄荭 译

03《动物寓言集》
[阿根廷]胡利奥·科塔萨尔 著 李静 译

04《美国鸟人》
[美]洛丽·摩尔 著 张晓晔 译

05《走在蓝色的田野上》
[爱尔兰]克莱尔·吉根 著 马爱农 译

06《狂野之夜！》
[美]乔伊斯·卡罗尔·欧茨 著 樊维娜 译

短经典·第二辑

07《母与子》
[爱尔兰]科尔姆·托宾 著 柏栎 译

08《回忆，扑克牌》
[日本]向田邦子 著 姚东敏 译

09《一切破碎，一切成灰》
[美国]威尔斯·陶尔 著 陶立夏 译

10《炽焰燃烧》
[美国]罗恩·拉什 著 姚人杰 译

11《两次暗杀之间》
[印度]阿拉文德·阿迪加 著 路旦俊 仲文明 译

12《初恋总是诀恋》
[摩洛哥]塔哈尔·本·杰伦 著 马宁 译

13《孤独的池塘》
[法国]弗朗索瓦丝·萨冈 著 陈剑 译

短经典·第三辑

14《石泉城》
[美国]理查德·福特 著 汤伟 译

15《父亲的眼泪》
[美国]约翰·厄普代克 著 陈新宇 译

16《我打电话的地方》
[美国]雷蒙德·卡佛 著 汤伟 译

17《游戏的终结》
[阿根廷]胡利奥·科塔萨尔 著 莫娅妮 译

18《爱情半夜餐》
[法国]米歇尔·图尼埃 著 姚梦颖 译 费滢 校

19《东区挽歌》
[津巴布韦]佩蒂纳·加帕 著 贺晓青 译

20《雨后》
[爱尔兰]威廉·特雷弗 著 管舒宁 译